木盒里的七彩光

陈亦权/著

路过心上的经典散文
邂逅一生的悦读，愿你翻过每一页

天津出版传媒集团
百花文艺出版社

图书在版编目(CIP)数据

木盒里的七彩光 / 陈亦权著. -- 天津 : 百花文艺出版社, 2021.1
ISBN 978-7-5306-7983-8

Ⅰ. ①木… Ⅱ. ①陈… Ⅲ. ①散文集 – 中国 – 当代
Ⅳ. ①I267

中国版本图书馆 CIP 数据核字(2020)第 213650 号

木盒里的七彩光
MUHE LI DE QICAIGUANG
陈亦权 著

出 版 人: 薛印胜
责任编辑: 郑 爽
装帧设计: 宋双成
出版发行: 百花文艺出版社
地址: 天津市和平区西康路 35 号 **邮编:** 300051
电话传真: + 86-22-23332651(发行部)
+ 86-22-23332656(总编室)
+ 86-22-23332478(邮购部)
网址: http:// www.baihuawenyi.com
印刷: 唐山富达印务有限公司
开本: 640mm×910mm 1/16
字数: 260 千字
印张: 19
版次: 2021 年 1 月第 1 版
印次: 2021 年 1 月第 1 次印刷
定价: 49.80 元

如有印装质量问题,请与唐山富达印务有限公司联系调换
地址:唐山市芦台经济开发区农业总公司三社区
电话:(022)69383810 邮编:301505

在阅读中优雅老去

二十岁时，第一次去凤凰，不为古镇美景，只为能与偶居夺翠楼的黄永玉先生见上一面。

时逢雨季，沱江奔啸，烟波微茫信难求。苦待数日，仍没能等到想见之人。

在清冷的雨丝中独自徘徊，满心失落。无意走进一家书店，里面尽是沈从文先生的文本作品。无处可去，只好在僻幽的角落里翻阅旧籍。而后，一发不可收拾。

回程当日，总觉有重要东西遗落城中，寻思许久，才跑去那条巷子的书店里买了本周身泛黄的《边城》。这本有着深蓝小印戳的《边城》，至今仍安躺于我的书柜里——它不仅使我在未果的行程中找到些许补偿，更让我在之后的时光无比怀念二十岁的自己。

再后来，兴许命中所定，真与书结下了不解之缘。不但自己看书写书，更领着诸多热爱文学的人走上了自己想走的路。

我经常跟学生们说，阅读是写作的命脉，只有不断阅读，才能保持创作角度的新颖和思维的敏捷。然而，阅读所赐予的，又何止是这些？

不管在何时何地，只要手中捧着一本书，心里便会觉得安然。书不但能排遣无聊的寂寞，将岁月的伤痛逐一缝补，还能把心灵淬炼成一块玲珑美玉。

一个爱书之人，必是睿智且沉稳的。遇事不惊，处之泰然。古人所说的“腹有诗书气自华”，便是这意思。

生命本就是一次有限的跋涉。一个经常看书和一个经常沉迷在网游世界的人，心灵绝对是不一样的。前者，往往更能体悟一叶一菩提的真谛。

书本所给予心灵的力量，是不可言喻的。十年寒窗，说的并不是读书人的艰辛，而是意在表述读书人的坚忍和不懈。试问，有多少人可以在寒窗下十年如一日地重复做同一件事情？

正如北大教授曹文轩所说：世间最优雅的姿态，就是阅读。不论静坐还是倾卧，甚至在厕所里，它都是最美的姿态。因为这样的人，通常都会从骨子里散发出一种极具亲和力的书卷气。

阅读人物，通晓历史，可以他人鉴知自己得失；阅读杂文，百味世事，可在辛言辣语中澡雪精神；阅读情感，温热肺腑，可居书香浓情里滋养心灵；阅读故事，体会人生，可于静谧岁月中倾情流泪……

每一种书，都是风景；每一本书，都是亟待窥破的秘密。

宋朝诗人黄山谷有一句名言："三日不读书，便觉语言无味，面目可憎。"这其中说的，就是每日读书的重要性。

本套系列图书，所遵循的就是这个简单的理论。通过遴选当下不同类型的精华文章，给读者送去不同的心灵养分——成长卷让你懂得如何珍惜青春，成功卷让你明白如何把握自己的人生，真情卷让你寻回本真的感动，感悟卷让你看到世界别样的美好……

为了能找到年度最精华的文章，为了给读者省去寻找的繁琐，我们几乎把本年度的期刊翻了个遍，邀请了二十四位中学生喜爱的作家，目的就是为了去其糟粕，取其精华。

这些作家的名字，不仅经常出现在全国各大刊物，还经常出现在各省市的中高考语文阅读理解试题中——我们的宗旨只有一个，就是为这个时代的读者，奉献好书。

但愿我们可以放慢匆乱的步伐，一起在欢愉的阅读中，优雅老去。

一路开花
二〇一八年十二月书于云南曲靖

目录

第一辑　木盒里的七彩光

宽容是一种挽救 / 2
木盒里的七彩光 / 5
快乐就是坦诚与信任 / 8
旅途中的童心 / 11
别把挫折当失败 / 13
鲨鱼的天敌 / 15
把抱怨淹进水里 / 17
做一个想改变的人 / 19
我们都是大笨龟 / 21
卡耐基一生的两面镜子 / 23
比艺术更珍贵的是真诚 / 26
搬家工老六 / 29
“大嘴美女”美在“真我” / 31
有一种翅膀叫信念 / 34
再往高处登一步 / 38
痛,证明你活着 / 41
别人的错 / 43
一包花生 / 45

第二辑　我不懂,我可以学

桌子上的钱 / 50
母爱是一种生命 / 52
高过喜马拉雅山的小矮人 / 54
总有一份努力让你成功 / 57
有百分之九十九的努力必须浪费 / 59
风里的灯箱 / 62
十年之后看自己 / 66

只是你自己 / 68
智慧的推动力 / 70
时刻带着你的鱼篓 / 72
我不懂,我可以学 / 74
只需努力做好眼前的事 / 76
不做最长的锯齿 / 79

第三辑　有魔法的种子

绝境里的生机 / 83
迪拜塔的基座 / 86
用画笔撬开自闭的门 / 89
求助是一种力量 / 92
努力从来不会白费 / 94
有魔法的种子 / 97
没有身份之别的友谊 / 100
让缺陷像金子一样发光 / 104
阿三的兰州拉面馆 / 107
撬开那扇挡住你的门 / 110
最美丽的海难 / 113
有些东西无法复制 / 116

第四辑　一粒雄伟的沙子

昂贵的剧本 / 119
像石灰一样沸腾 / 122
让赌王输在你手里 / 124
40 减 39 绝不等于 0 / 127
只需往后退几步 / 130
飘荡在卡纳朗监狱上空的感恩之歌 / 133
把理想交给时间 / 137
骡子不会变成跑车 / 140
有些误会不须解释 / 143
荡漾在 5 号病房的歌声 / 145

荷叶的承重力 / 148
为“宝石”包一层海绵 / 150
一粒雄伟的沙子 / 152
蒙娜丽莎的微笑 / 156
佩雷尔曼的拒绝 / 159
拥有总比失去多 / 162

第五辑　别把快乐抱太紧

废墟上的宣判 / 165
没有比人更高的山 / 169
测试表上的选择 / 172
自信塑造美丽 / 175
把粉笔横过来写 / 178
导游的早餐 / 181
做一个优秀的失败者 / 183
结不出最甜的果,那就开最美丽的花 / 186
将军的银币 / 189
绿水晶里的红心斑 / 192
不能奔跑了,那就坐上轮椅飞翔 / 195
阁楼上的紫罗兰 / 199
一碗无法拒绝的炒饭 / 202
别把快乐抱太紧 / 205
国王的宝剑 / 208

第六辑　有人在街上认错你吗

人也需要水的智慧 / 211
神秘的剑客 / 213
想想别人的感受 / 215
林语堂妙喻风筝说读书 / 217
锯掉枝叶再移植 / 219
浮萍不知水深浅 / 221
不必吵架 / 223

狱警巴纳德晕倒之后 / 225
你是我 25 年前的救命恩人 / 228
说话要少一点反问 / 231
潜到海底去寻找她 / 233
没有一种善举是渺小的 / 236
没人会辜负你的真诚 / 239
渔夫的悲哀 / 241
多一点快乐 / 243
自私的人 / 245
最美的手 / 247
最强大的蚂蚁 / 249
友谊的能量 / 251
有人在街上认错你吗 / 253
聊 QQ 的年轻人 / 255
先学会爱自己 / 257
用微笑面对一杯咖啡 / 259

第七辑　风是很重很重的

你永远不必离开 / 263
老根头破产 / 265
够得着的苹果最甜 / 267
致命的怒火 / 269
愤怒的代价 / 271
风是很重很重的 / 273
不必有输赢 / 277
汤斯的生日派对 / 279
一只从耶鲁大学毕业的猫 / 281
我只是想要帮助他 / 284
被微风吹倒的塔科马大桥 / 288
老铸剑师的秘诀 / 290
落败的大厨 / 292
黑色的小花 / 295

第一辑

木盒里的七彩光

转眼几十年过去，罗尔已经是一位耄耋老人，那天，他决定把木盒交给儿子。按照家规，他当着全家人的面打开了那个盒子，一道七彩之光从盒子里面映射了出来，罗尔惊讶地张大了嘴巴，他几乎无法相信自己眼前的情景是真的：盒子里放着的，根本就不是什么七彩钻石，而是一块普通得不能再普通的石头，而发出那一道七彩光的，只是黏在盒盖内侧的几片七彩碎镜子……

宽容是一种挽救

麦德卢是17世纪中叶意大利著名画家,他年轻时有相当长一段时间,都只是在威尼斯的一家画廊里做仿造世界名画的画师。

麦德卢虽然从小爱好作画,但是他努力了很久都没有取得什么进步,渐渐地也就失去了在艺术道路上继续走下去的耐心和勇气,于是他做起了仿造甚至是假冒各种世界名画的行当。相对来说,仿造显然来得更轻松一些。尽管,那可能随时会被各地的著名画家告上法庭。

一天,麦德卢正在自己的画廊里仿造着一幅名叫《提水的妇女》的世界名画,这幅画是西班牙画家迭戈·委拉兹开斯在三年前画的。麦德卢觉得应该趁早仿造,只有这样,他才能得到更多的收入。

麦德卢对着印刷品仔细地画着,这时,从门外进来一位外国游客,站在麦德卢的身后静静地看着他作画。威尼斯是一座美丽的城市,有许多国外商人或游客会来这里,时常会有游客从街上走进来观看他画画,麦德卢对此早已司空见惯。

"您需要买一幅画吗?"麦德卢问他。

"不。如果可以的话,我希望能够看着你作画。"那位外国游客说道。

当麦德卢把画中那位提水的妇女画出来以后，外国游客带着一丝失望的神色说："那一桶水是很重的，妇女的身体应该要更倾斜一些才对。如果想卖出更高的价钱，你必须要撕掉重新画。"

麦德卢觉得那位外国游客说得有些道理，于是就撕了那张画纸重新画了起来。这一次，他把画中那位妇女的身体画弯了一些，但那外国游客似乎依旧觉得不满意，皱着眉头说："这位妇女站的房子里光线较暗，水的颜色应该更深一些才对。为了能卖更好的价钱，你必须要重新画。"

麦德卢惊叹于这位外国游客观察和欣赏的能力，于是决定重新画。三个小时后，麦德卢完全按照这位外国游客的提议把这幅世界名画仿造了出来，简直达到了可以乱真的效果。

"非常感谢你的意见，现在看起来这画果然很不错，它一定可以卖到一个好价钱。"麦德卢说。

"是的，我也非常开心。这样既不会太糟蹋我的声誉又能为你带来很高的收益。"那位外国游客说。

"你的声誉？"麦德卢不解地说，"很冒昧，但我不得不问一声，您是……"

"迭戈·委拉兹开斯。"那位外国游客说。

麦德卢万万没有想到眼前这位对画画异常挑剔的游客竟然是迭戈·委拉兹开斯本人，让他更意想不到的是迭戈·委拉兹开斯在说完后就要转身离开画廊，麦德卢有些诧异地问："你不打算到法院起诉我吗？"

迭戈·委拉兹开斯笑笑说："生活是艺术的土壤，虽然你只是在仿造艺术，但我依旧不希望因为艺术而威胁到你的生活。"

迭戈对艺术的严谨入微和对他人的宽容大度让麦德卢羞愧不已。

此后，他再也不仿造别人的画作，而把更多的精力用在了真正的艺术创作上，最终成为西班牙一位有名的画家。

“是迭戈的宽容挽救了我。如果他选择让我受到法律的制裁，那我在艺术上就永远不会有什么成就。”多年后，麦德卢在自传里写下了这样一段话。

· 木盒里的七彩光

罗尔坐在家门口，愁眉紧锁，因为一场突如其来的洪水，冲走了田园里所有即将收割的水稻和麦子，还有一大片已经成熟的花椰菜和西红柿。

本来，这些食物足以使他们安然度过接下来的一年，但是现在，哪怕立即恢复耕种，也无济于事。他的儿子刚刚出生不久，父亲又已经年迈，况且这些日子以来，父亲的身体生病，他们都迫切需要粮食和营养。

父亲在房间里问罗尔田园的状况，罗尔沮丧地走进去说："父亲，我们现在已经一无所有了，农作物全都被洪水冲走了。"

"傻孩子，你可不是一无所有。"父亲艰难地从床头柜子里取出一个陈旧的小木盒说，"我们还有一颗非常值钱的七彩钻石。"

父亲给罗尔讲了一个真实的故事：很多年前，父亲的祖父到山里打猎，有一只野狼被箭射伤以后逃进了一个山洞，祖父在山洞里捕获野狼后，还发现了一颗闪闪发光的东西，这颗珍贵的七彩钻石。

从此，这颗钻石被父亲的祖父保留了下来，他的祖父也在那个时候定了一个规矩：这颗钻石只保存在家里的年长者手中，不到万不得已，不能把它打开来看，更不能拿去变卖。只有在年长者将要死去的时候，才可以当着家人的面把密斯特瑞盒打开看一眼。

所以，父亲的祖父在把密斯特瑞盒传给罗尔的祖父时，曾打开过一次，后来，罗尔的祖父在把密斯特瑞盒传给父亲时，又曾打开过一次。

父亲让罗尔把全家人都叫到床前，然后告诉大家他要把这个传家之宝传给罗尔。父亲抬起手中的木盒，慢慢打开，在那一刻，罗尔和他的妻子都惊呆了，随着盒盖的开启，一道七彩光芒射了出来，映在了父亲的脸上。父亲张大着嘴巴，两眼直愣愣地看着盒里，一语未发。半晌，他才回过神来说："太不可思议了。我无法相信世界上竟然有这么大、这么美丽的七彩钻石。"

虽然罗尔和他的妻子无法看见那颗钻石究竟有多大有多美，但是盒子里面反射出来的七彩光以及父亲的表情足以说明一切。

父亲把木盒盖起来，递向罗尔，然后告诉罗尔说："无论如何，我们都不会一无所有，因为还拥有一颗非常珍贵的七彩钻石。"

有了这颗钻石，罗尔似乎一下子看到了希望，他又精神抖擞地回到了田园里，每天都快乐地劳动着。他的妻子也跟着丈夫，努力地投入劳动。粮食很快被吃完了，但罗尔和妻子没有感到绝望，因为他们深信：自己无论如何都不会走投无路，因为他们拥有着一颗无比珍贵的七彩钻石。

他们开始在上山，找各种能吃的东西：野菜、虫卵、树叶甚至是树皮，把这些大自然赋予的食物做得美味可口。就这样，罗尔一家艰难地度过了半年，他们终于从田园里收获到了足以让他们吃上一年的麦子和稻谷，还有成片成片的蔬菜和水果，也开始慢慢成熟。

转眼几十年过去，罗尔已经是一位耄耋老人，那天，他决定把木盒交给儿子。按照家规，他当着全家人的面打开了那个盒子，一道七彩之光从盒子里面映射了出来，罗尔惊讶地张大了嘴巴，他几乎无法相信自己眼前的情景是真的：盒子里放着的，根本就不是什么七彩钻石，而是一块普通得不能再普通的石头，而发出那一道七彩光的，只是黏在盒盖内侧的几片七彩碎镜子……

刹那间，罗尔明白了这个盒子存在的真正意义：无论遇到什么困难，都要相信我们还拥有一颗非常珍贵的七彩钻石。而那颗钻石，它可以是我们的生命，也可以是一种追求的信念。

快乐就是坦诚与信任

哈雷德是20世纪最伟大的英国戏剧大师,他从年轻的时候就是一位非常有才华和智慧的人,他的处女作《格曼纱的早晨》一公演,就在整个伦敦引起了轰动。

尽管如此,哈雷德依旧觉得自己缺少快乐,而且自己也不知道问题究竟出在哪儿。有一次,一位哲学家来拜访他,他想从哈雷德这里获得更多关于《格曼纱的早晨》这部戏剧的细节。

对于他的到来,哈雷德并不十分欢迎,因为他与这位哲学家并不相熟。"你该不会是谁派来到我这里观察些什么的吧?"哈雷德有些不安地问。

哲学家笑笑说:"当然不会。"他完全是出于对艺术的尊重才来拜访的。哈雷德将信将疑地又提出了许多问题,哲学家都一一做了回答之后,他才愿意与哲学家谈论有关戏剧的事情。

在哲学家临走的时候,哈雷德又不放心地问:"你该不会把我对你说的这些内容拿去谋利吧。"

哲学家笑了笑,他看了看门外几个正在玩捉迷藏的小孩,突然问道:“哈雷德先生,你觉得自己快乐吗?”

“我觉得自己的生活枯燥极了,毫无快乐可言。”哈雷德说完这句话后,接着反问哲学家,“可是,您为什么要这样问呢?”

哲学家没有直接回答,而是拉起哈雷德的手说:“我们和这些小孩子一起来玩捉迷藏吧。”

游戏很快开始,哲学家和哈雷德都各自找了一个地方躲了起来,那位蒙着眼的小朋友问:“好了没有?”

哲学家和其他小朋友一样,大声回答说:“好了。”

“真笨。”哈雷德心想,“既然躲起来了,就别再发出声音。”果然,不出哈雷德所料,那位蒙着眼的小朋友寻着声音找到他们,每找到一个,就发出一阵欢快的笑声,因为哈雷德一直闷声不响地躲着,小朋友们竟然渐渐地把他给忘了,他们继续和哲学家一起玩着游戏。蒙眼的孩子问:“躲好没有?”躲着的人则大声回答“躲好了”,而那位孩子又凭着声音的方向很快找到了他们,每找到一个,都发出一阵欢乐的笑声。

就这样玩了几次后,哲学家走到依旧躲在角落里的哈雷德身边说:“你不觉得快乐吗?为什么我没有听见你发出笑声?”

“我一点也不觉得有什么好笑。”哈雷德对哲学家说,“你们简直太愚蠢了,既然躲起来了,为什么还要喊出声音来告诉别人已经躲好了?”

“可是你有没有发现,我们都获得了欢乐与笑声,而你却什么也没得到。例如我刚才来找你,你先是怀疑我是不是别有用心,后来又怀疑我是不是想从中谋利……”哲学家接着说,“人确实需要有智慧,但智慧过了头就是多余的猜疑,猜疑是交际和获得快乐的绊脚石。试问,一个心胸狭隘、步步为营的人,又怎能与人建立友谊、获得快乐呢?在人际交往中,最大的智慧不是猜疑,而是坦诚与信任,这样才能获得更多的快乐。”

这番话让哈雷德若有所悟。从此以后，他再也不费尽心思去顾忌和怀疑了，而是用信任与坦诚来对待身边的每一个人。这样一来，他所拥有的朋友和快乐也越来越多，创作出来的戏剧作品也越来越丰富，最终成为一位伟大而快乐的艺术大师。

旅途中的童心

我办完事情后，坐火车返回省城，这一趟车将要花去我三个小时，如何度过这三个小时真不是件简单的事，打瞌睡又不安稳，看书又累眼，我只好选择坐在位置上发呆，渴望着快点到达目的地。

有两个孩子坐在我的对面，他们兴高采烈地看着窗外的小山坡、小河流、道路和村庄，无论什么进入他们的视线总是能引起他们的兴趣，他们兴致勃勃地指着外面喊："看，前面有一棵大树""前面有一座桥""看，有一座小山"……

他们一起发现着、欣赏着、讨论着。我问他们从哪来，他们告诉我从贵州来，已经坐了17个小时的火车了。火车就这么一路过去，三个小时后，好不容易到了终点站，我如释重负地站起来伸了个懒腰。就在我伸懒腰的时候，那两个小孩儿有点不相信地说："啊？到了？"似乎意犹未尽。

"我才坐了三个小时的车就觉得累，你们到现在已经整整坐了20个小时的火车了，难道还不觉得累？"我问那两位小孩儿说。

"我们觉得很开心啊，一点都不累。"两个小孩儿满脸笑容地看着我说,“你们大人啊,从坐上火车的那一刻开始,心中唯一的想法往往都是尽快到达目的地,所以你们一路上都是在等待中过来的,而我们却一直都处在欣赏风景的心态中,所以就觉得快了。”

童心。我猛然醒悟。人生其实就像是一次旅行,各自都向着各自的目标而去,眼睛牢牢地盯在目标上,最后自己也落得心力交瘁。在奔往人生目标的路上,一种急于求成的心态淹没了所有的风景,那种风景,可以是一点细微的进步,可以是一点细小的发现,也可以是一点稍纵即逝的感动……

这两个孩子没有太多地去想“终点站”三个字,他们带着童心的目光只注意去看离自己稍远处的一棵树、一座桥、一个村庄,用窗外的事物把目标给分割开来,并在每一处分割点上都寻到了快乐和风景,与把眼光始终盯住目标却完全忽略了沿途每一处的风景相比,他们的旅程是多么的轻松。

目标与我们的距离是固定的,但只要多用一点童心去发现和欣赏沿途中的每一处风景,就能使我们的旅途变得更加快乐、轻松和短暂。

别把挫折当失败

小玛丽是一位在波兰华沙小学读书的女孩，这天，她沮丧极了，因为她在下午的考试中只得了两个蓝色的“C”，这是她从未有过的坏成绩！

小玛丽在放学回家的路上走走停停，她觉得自己无法拿着这种坏成绩去面对父母，她甚至觉得自己并不像父母所夸她的那样聪明，不仅如此，她还对学习产生了一种深深的恐惧感，完全没有了原来的那种信心和兴趣。

小玛丽对自己失望透顶，她慢慢地走着走着，在经过一座公园的时候，她看见一位老人正蹲在草地上，像是在观察着什么。玛丽好奇地凑过去一看，发现地上有一块面包屑，一只蚂蚁正绕着它走来走去，试图把它拉走。

“你在观察蚂蚁？你是科学家吗？”小玛丽问。

“不。我只是在看它如何闯过这个难关。”老人回答说。

原来，这是一只遇到险阻的蚂蚁，它刚开始是高高地举着这块面包屑赶路的，但因为蚂蚁看不见前面的路，所以，这块面包屑扎在了一根长长的藤刺上，就再也无法举着它接着走了。

那只蚂蚁围着面包屑不断地转着圈，从这边推推。又从那边拉拉，但是它都无法使面包屑从刺上掉落下来。

“或许，它应该放弃。”小玛丽说。

“但很显然，它并不想就此认输。”老人一边观察着一边说。正当这时，那只蚂蚁似乎发现了问题所在，它爬到刺的方向，使劲往面包屑上一顶，那块面包屑终于掉落了下来，蚂蚁再次高举起自己战利品，继续赶路了。

那位老人站起来，对小玛丽说：“不能轻易说放弃，更不能把挫折当成是失败。面对挫折，只要你不认输不放弃，付出更多的努力，那么你就一定能改变一切。”

小玛丽看着慢慢远去的蚂蚁，再仔细思考老人的话，她想到了自己：一只蚂蚁都能够正视挫折，勇敢地克服困境，并最终取得了胜利，而自己又有什么理由因为一次考试成绩不好，就胆怯退缩呢？

小玛丽当即用最快的速度回到家里，坦诚地把这次成绩告诉了父母。从那以后，小玛丽更加努力地投入学习。

多年后，玛丽成了一位科学家，研究放射性现象，在一次又一次的挫折中，玛丽都用那只蚂蚁的精神来鼓励自己，她甚至常常这样告诉自己：“挫折，只是一块扎在刺上的面包屑。”最终，她发现了镭和钋，两度获得了诺贝尔奖。

到这时，或许你已经知道了这位小玛丽究竟是谁。没错，她的全名是玛丽·居里，世界上最伟大的科学家之一——居里夫人。

鲨鱼的天敌

一支海洋生物科考队在西太平洋的海面上发现了两具成年鲨鱼的浮尸，无数幼小的鲦鱼围聚在鲨鱼旁，啄食着腐肉。

鲨鱼是海洋生物中当之无愧的大王，它们是怎么死的呢？科考队员们首先怀疑到疾病，他们把那两具鲨鱼浮尸打捞上来，进行解剖研究，然而结果却让他们大感意外，那两条鲨鱼身上没有任何病变，它们的身体非常健康，只是科考队员们在鲨鱼的头部发现了一个巨大并且足以致命的伤疤。

究竟是什么东西撞上它们？根据记录，这两个月里甚至从来没有船只经过这片海域。科考队决定下水研究，下水后，他们很快发现了一条强壮的鲨鱼，正惬意地游动着，而在这不远处，就有一大片群居的鲦鱼。显然，鲨鱼看见了那群鲦鱼，开始慢慢向它们游过去。

“它们很快要成为鲨鱼的美餐了。”所有的科考队员都为鲦鱼捏了一把汗，然而，等鲨鱼张开血盆大口冲向鲦鱼的时候，让人意想不到的一幕发生了：那群鲦鱼以迅雷不及掩耳之势，绕过鲨鱼的大嘴，窜到鲨鱼的身体侧边，它们一起疯狂地撕咬鲨鱼的皮肤，还有许多鲦鱼则不断冲向鲨鱼的眼睛，疯狂地啄去，鲨鱼就在不断地躲避中，轻易地就被控制了“航线”。鲨鱼被咬得疼痛不堪，它空有一身力气，却丝毫没有办法对付那些小家伙，它拼命挣扎着想逃离，但无论怎么逃，鲦鱼总能掌握它的方向。

很快，鲨鱼就被逼进了一个乱礁群，抱头鼠窜的鲨鱼此时早已分不清东西南北，几分钟后，它一头撞上了一个高高耸起的大礁石上，一命呜呼。鲦鱼们围着它，这丰厚的美餐足够它们享用一个月了。

到这时，科考队员们才意识到，海洋中其实并没有真正的王，小小的鲦鱼几乎处在海洋食物链的最底层，然而它们却能凭着一种相互合作的生存的精神和智慧，战胜鲨鱼，让被称为“海洋之王”鲨鱼成为它们的盘中餐。

是的。再强大的个人，只要孤军作战，总会有鞭长莫及的破绽；再渺小的个体，只要组成团队，相互合作，总会有以弱胜强的力量。

把抱怨淹进水里

我刚读初中的第一年，父亲在外地做小生意，只有我和母亲两个人在家里生活。母亲是一位乡村裁缝，那段时间正好是秋冬交替期，母亲要做的衣服特别多，很忙。

有一天我放学回家，母亲叫我做一下晚饭。我到菜地里拔了两个洋葱和一把青菜，就进了厨房开始洗菜，那些刚从田里拔回来的新鲜洋葱特别辣眼，才剥了半个洋葱皮，我就已经被辣得睁不开眼睛了，眼泪直流。

我再也没有心情洗菜了，闭着眼睛对这些洋葱发起了牢骚，恨不得把这些洋葱扔进垃圾堆。母亲听到声音，放下手中的活走了进来，她见到我被辣的样子，笑了笑说：“小傻瓜，光会抱怨有什么用？你应该想办法解决才对。”说完，母亲在一个塑料脸盆里接满了水，把洋葱放了进去，然后回过头来说，“你再试试？”

我走过去，就在水里剥起了那些洋葱皮，我突然发现这样子剥洋葱，不仅不会辣眼，而且还特别容易剥下来。我看看母亲，惭愧地笑了。母亲见我剥好洋葱，走过来换了一盆水，又把洋葱放了进去，然后她把菜刀递到我手上说:“放在水里切,试试?”

我接过菜刀,就把洋葱按在水里切,果然,再也没有觉得任何一丝辣眼。我很快烧好了晚饭,虽然非常简单,甚至连一片肉也没有,但不知道为什么,我却吃得特别香,特别有味道。

这件小事过去20年了,我却一直没有忘记,母亲的话也一直留在我的心里。在那之后的日子,不断地给予我智慧和鼓励,每每遇到挫折和阻碍,我都会想起当初剥洋葱的场景,把抱怨淹进水里,取而代之的是多思考、想办法,这更能解决问题。

做一个想改变的人

李斯年轻的时候，是楚国蔡郡府里一位小小的仓库文书，负责仓内存粮进出的登记。他看着府里的大官们进进出出，就成天为自己的境遇而哀伤叹气。

有一天，李斯去外面的一个臭水沟旁倒垃圾，惊动了在那里安身的几只老鼠，它们一个个都瘦小枯干，毛色灰暗。李斯看着它们，忽然想起了仓库里的那些老鼠，它们一个个脑满肠肥，皮毛油亮，与眼前这些老鼠相比，它们简直是在天上和在地下的区别。

李斯突然意识到，所处的位置不同，命运也就大不相同。他想想自己在这里做了五年的仓库文书，根本没有见过外面的世界，还不是和这些生活在臭水沟边的老鼠一样吗？

李斯决定换一种活法，第二天就离开了这座小城，去投奔儒学大师荀况。20年后，他成了秦朝的丞相，辅佐秦始皇统一并治理中国，立下了不少汗马功劳。

确实，一个人的生活环境，既是命运的安排，也是自己的选择。只要自己心里想着要改变，改变的机会就会到来，改变的志向就会成真。

著名企管大师余世维，小时候遗传了他的父亲，患有口吃，常常被同学们笑话。尽管余世维不愿意这样，但是没办法，因为他的口吃几乎是与生俱来的，他只能在沮丧和自卑中度过一天又一天。

他的母亲想安慰他，但是该怎么安慰呢？告诉孩子他的口吃是天生的？或者对他说那只是遗传而已？因为他的父亲也是口吃？然后叫他别难过？如果这样去安慰，那就等于是在告诉孩子，他在这一生里都将与口吃相伴。

他的母亲后来想到了一个办法，就鼓励余世维说："孩子，你其实不必沮丧，因为你可以改变自己。"

"不。我的口吃是天生的，遗传的，是无法改变的，"余世维说，"如果可以，为什么父亲这么多年来一直没有改变？"

母亲其实早就意料到儿子会这样回答，她说："那是因为你的父亲从未想过要改变，我相信你是一个想改变自己的人，但你必须为此而努力。"

余世维记住了母亲的话，他每天都在心里告诉自己"我是一个希望改变自己的人"，并且不断为此而付出努力。每次在开口说话前，哪怕是一句再短的话，他也要先打好腹稿，在肚子里把那句话酝酿透了，然后一气呵成地说完，在说第一个字的时候，他就有意识地把第二个字连贯着接下去，就在这种努力中，没出三个月，余世维不仅改掉了口吃的毛病，还拥有了越来越多的自信，爱上了与人沟通，甚至爱上了演讲，并最终成为一位被尊称为"华人管理教育第一人"的实战型培训专家。

你是否在为你的生活环境不够理想而失落？你是否在为自身的某些不足之处而沮丧？如果是，请别再失落，别再沮丧了，做一个真正想改变自己的人吧，只要你自己想改变并不断为之努力，相信你就可以改变自己，改变一切。

我们都是大笨龟

在南美洲的厄瓜多尔海边，有一种性格温顺的海龟，当地人把它们称作大笨龟。

这些大笨龟的体型和力气都很大，又特别擅长在海边甚至是陆地上行走，所以当地人就常常喜欢骑着它用来代步，或者运载货物。让人意想不到的是，这些海龟从没有经过人们驯养，那么，当地人又是怎么控制它们前进甚至是左右转弯的呢？

当地人有一种非常好的办法，他们坐到大笨龟的背上以后，就会用一根很长的杆子吊起一串海龟最爱吃的香蕉，不远不近地垂到大笨龟脑袋前，大笨龟为了吃到这串香蕉，就不断地往前跑，香蕉自然也就随着大笨龟的移动而移动，而当人们把香蕉往左右任何一侧伸时，大笨龟就会跟着拐弯。这样，当地人就能轻易地控制大笨龟了。当然，一旦到达目的地，当地人便会将那一串香蕉抛在地上供其享用。

这种大笨龟确实很笨，为了吃到一串香蕉，竟然这么轻易就被控制了，甚至完全忘记了自己原本想走的路线，变得被动不堪。

我们人类总自认为是世界上最聪明的动物，其实仔细想想，我们都只是一只大笨龟。我们的一生，也都是在追逐着眼前那一串串无形的香蕉中度过。哪个专业吃香，我们就考哪个专业，哪个行业赚钱多，我们就往哪个行业挤，就连那莫名其妙而又被称为时尚的黄头发，人们也要争先恐后地跑进理发店染起来……

特别是现在的家长们，不仅自己是一只追着香蕉跑的大笨龟，而且有时候还充当起驾龟人，他们举起一串又一串被标识为“艺术”“知识”的香蕉，引诱甚至是逼迫着孩子往他们指定的方向跑。

我们每个人，从小就是一只大笨龟，我们长大后，在家里是举着香蕉的驾龟人，在外面，依旧是一只追着香蕉跑的大笨龟。

我们甚至还比不上大笨龟。对于香蕉，大笨龟有则有，无则无，不会去求人。可我们呢？没那串香蕉似乎就没了人生的意义，天天寻找，天天企盼，甚至是求神拜佛——请举一串香蕉到我面前来吧。

卡耐基一生的两面镜子

卡耐基小时候生活在一个非常穷困的人家，在他7岁的时候，他的父母都因为企业不景气而失去了工作，这更使他家的生活雪上加霜，欠下的债也越来越多。为此，他的父亲变得萎靡不振，做什么事情都没有积极性，他母亲也因为丈夫的消沉而变得郁郁寡欢，整个家庭陷入了一个恶性循环之中。

一天，卡耐基从外面玩耍回来，捡到了五美分的硬币。他兴高采烈地把这钱拿回了家，心想父母看到这五美分钱一定会很开心，但是他的父亲看了一眼他手上的硬币说："这点钱连一餐晚饭都不够吃，你自己买点你想要的东西吧。"而他那连头都没有梳整齐的母亲，撩了撩垂在额前的头发，也用同样的话回答了他。

"这点钱的确不多，但是我用来买什么呢？是一件别人在五岁的时候就能拥有的小玩具？还是一小包夹心饼干？"小卡耐基陷入了沉思，这时小卡耐基忽然想起母亲那个撩头发的动作，他这才意识到家里唯一的那面镜子在几个月以前被粗心的父亲摔破了，家里从那时候起就再也没有买过新的镜子，他的母亲每天梳头只能靠自己估计，而他的父亲更是蓬头垢面，有时候甚至连眼污都不擦干净就能在家里待上一整天。

“对。买一面镜子，让他们每天起床后可以照一照自己。”小卡耐基主意一拿定就到商店里买了一面最便宜的镜子悄悄放在客厅桌子上。当他的父母见到这面镜子时下意识地拿起来往自己脸上照了照，顿时被自己的容貌吓了一跳，他的母亲连忙对着镜子把头发重新梳了一遍，而他的父亲紧跟着把胡子刮干净，并且还梳了梳头。

第二天，他的父母对着镜子整了整自己的容貌后就出了门，当天回到家后，他父母的心情都非常不错，因为他们都分别找到了一份还算勉强可以养家的工作。从那以后，卡耐基家的生活状况开始渐渐好转起来。

在多年以后，当卡耐基说起那一段经历时，无比感慨地说：“是我买的那面小镜子让他们重新看见了自己、认识了自己，并且重新审视和要求自己。如果没有那面镜子，我实在无法想象我的父母到什么时候才会再次拿出生活的勇气来。”

长大后的卡耐基参加了工作，他的第一份工作是在一家钢铁公司做推销员。他非常努力地工作，每个月的销售额都在全公司的前列，具有非常不错的前景。

但是后来他在自己的这点小成绩中放松了自己，结果有一次在月终的前一天才发现连公司的最低销售指标都没有完成。在这一天里他拼命找顾客，终于在下午找到了一位需要少量钢铁的建筑商，只要与这位建筑商签订合同，这个月的最低销售指标就能完成了。但是偏偏这位建筑商砍价十分厉害，连公司规定的最低价格都不能接受。为了争取到这张订单，卡耐基只有接受了那位建筑商的要求，用建筑商所能出的最高价格把钢铁出售给了他，但为了对公司有个交代，卡耐基暗中用“缺斤少两”的办法拉平了这个差价。

不难想象，这个办法最终不仅没有让卡耐基躲开完不成最低销售指标的尴尬，反而还被公司记了一个严重警告。出于羞愧，他带着低落和沮丧的情绪辞职回到了家，当他的父母得知这一切后，并没有责怪卡耐基，他的母亲拿出个一美元的硬币说："去为自己买一面镜子吧。"卡耐基抬头看了看母亲，深有感触，当即用这一美元跑到商店为自己买了一面镜子挂在床前的墙上。从此，每天一早起床卡耐基就会对着镜子喊几声："我是戴尔·卡耐基，我一定要努力工作。我可以犯错，但我不可以再次犯错。"

多年之后，卡耐基成了美国著名的企业家、教育家和演讲口才艺术家，被誉为"成人教育之父"。在事业上取得成功的卡耐基并没有把照镜子的习惯给忘掉，他把那面镜子带到了办公室放在办公桌上，每天一来到办公室，他的第一件事情就是先照一照镜子，然后对着镜子说上一遍"我是戴尔·卡耐基，我要认真做人，我要努力工作。"

卡耐基的一生为后人留下了许多至理名言，其中有一句他是在1955年也就是他生命的最后一年才在笔记本里写下的，那是一句最短也是最富哲理却常被大家所忽略的话：时刻都要认识你自己。从某种程度上来讲，卡耐基的这句话，其实写下的是他一生的两面镜子。卡耐基的镜子哲学，实际上正是对我国古代思想家曾子所说的那句"吾日三省吾身"的另一种阐释。

比艺术更珍贵的是真诚

贾米森是澳大利亚墨尔本市一家著名画廊的负责人，也是一位著名的画家和画作鉴赏家。

去年10月的一天，他正在自己的画廊里工作着，收到了一封奇怪的快递，快递里面是十几幅抽象派画作和一张没有署名而且寥寥数语的信件，信中说："尊敬的贾米森先生，我的祖父在临终前曾说他有一部分美国乡村画家安德烈的作品从未公示于众，但是我们一直没有找到他说的那些画。这些是我无意中从祖父的阁楼里找到的画作，我不知道究竟是不是安德烈的作品，所以请您鉴定，如果是有价值的画作，我希望您让它发挥应有的价值，如果它毫无价值，请您原谅我的打扰，然后扔掉它。"

"真是太神奇了，我从来没有见到过这么富有艺术感的画作。"贾米森在对这些画作进行仔细鉴别后无比惊叹地说。之后，他又邀请了好几位画家来欣赏这些画作，所有画家们都被这些画的艺术感深深地打动，而且他们一致认为这毫无疑问是安德烈的作品。

"这是一些非常优秀的画作，它们具有非凡的价值。"所有艺术家们都对这一结论表示深信不疑。之后不久，贾米森将这些画作向艺术界公开，不出意料地在艺术界获得了一片溢美之词，所有艺术界的人士都被这些画作的艺术内涵所折服,大家都提出了一个相同的要求:把这些画作用来拍卖,以便让所有人都有机会收藏这些优秀的艺术作品。

贾米森觉得这确实是一个非常好的主意,好作品应该与大家分享。于是他决定在2009年1月16日用这些画举办一个“安德烈”画展,贾米森为了筹备这次画展可谓不遗余力,他不仅印刷了大量邀请函,而且还在艺术杂志刊登了整版广告,甚至,他都已经为这些画作做了起步价的安排,分别是350美元到2000美元,这个价格不是很高,但是所有的组织者都认为,到时候人们的出价会比这高出几十甚至几百倍。在最后,贾米森还邀请了电视台的人来采访,电视节目播出后不久,就算是万事俱备,只欠东风了。

然而就在贾米森张罗好了所有的事情准备开办展览和拍卖会的前一天,一位三十来岁的少妇抱着她那还不完全会讲话的女儿来到贾米森的画廊,她见到贾米森后惭愧地说:“请您原谅我跟您开的那个玩笑。那些画作是我寄给您的,其实这些画并不是什么安德烈的作品,它们只是出自一个不足两周岁的孩子的手——是她画的。”那位少妇说完后用手朝怀里的孩子指指说。

原来,这位年轻的母亲叫卡拉什尼科娃,是本市的一位居民,她怀里的这位小女孩埃丽塔两周岁还不到,和所有孩子一样,埃丽塔平时特别喜欢在纸上胡乱涂画。有一天,那爱开玩笑的母亲觉得那些画看上去怎么很像抽象派的画,便突发奇想将女儿的这些“画作”邮寄给贾米森鉴定,而她的目的只有一个,那就是看看自己的“感觉”到底准不准。

“什么?你是说这些画是她的‘杰作’?”贾米森在听完这位年轻母亲的话后,简直觉得像是被五雷轰顶。

“是的先生。这确实是我女儿乱涂的,当我在电视里看到这个事情后，这才发觉了事情的严重性。我不得不如实相告，尽管，我知道你会对此生气万分。”卡拉什尼科娃低着头说。

“这下完了。”贾米森一下子瘫坐在椅子上，他的一世英名恐怕就要毁在在这次的失误上了，但是事已至此，只怪自己不小心，他随后对卡拉什尼科娃说：“你先回去吧。谢谢你能及时坦诚相告。这次的事是我造成的，我自己会应付。”贾米森说。

在卡拉什尼科娃离开以后，贾米森立刻来到了电视台，对媒体公开了这一事情的真相，但是他依然不取消这次展览和拍卖。“我对此很抱歉，但我说过的话又不能不做到。只是，我必须要先坦诚面对自己的错误……”贾米森对着摄像镜头既羞愧又坦然地说。当卡拉什尼科娃在电视里看到这一场景时，难过得差不多想上门负荆请罪去。第二天，卡拉什尼科娃一直在无比担忧中度过，一个艺术家把一个不足两岁孩子的涂鸦画当作名家的作品拿来办展览和拍卖，民众到底会如何看待他和他的画展呢？

贾米森不仅对媒体承认了自己的失误，而且还在门口写了一张又大又显眼的海报：“判断失误。此次展出和拍卖的‘画作’其实完全出自一位两周岁都还不到的小孩子之手，但是展览和拍卖照样进行。”然而在展览和拍卖的这天，让所有知情人都没有想到的事情发生了——来观看展览和参加竞拍的人特别多，而拍出“画作”的最高价格竟然达到了 10000 美元。这个结局让电视台的人也不敢相信，一位记者随意采访了几位买走画作的顾客，问他们为什么明知是一个小孩子信手涂鸦的“作品”却依旧要花这些钱来购买，几乎每一位顾客都说：“我买走的并不仅仅是这些画，最主要的是，从这里面我看到了人的真诚，有那孩子母亲及时知错的真诚，有贾米森敢于承认错误的勇气和真诚的人格，而这些，实际上比任何艺术作品都更富有价值。”

搬家工老六

老六是去年这个时候从外地来的，租住在我家楼下的储藏间里。老六其实也不老，四十来岁的样子，只因他自称在家中排行第六，所以大家都叫他“老六”。住储藏间其实是很不方便的，他图的就两个字：便宜。他的生活真的是很节俭，吃的米是最便宜的，菜也是以白菜、萝卜为主打。

老六在一家搬家公司上班，没有固定的上班时间，人一般都在家里，只有公司接到搬家业务的时候才打电话过来叫人。老六没有手机，我有个老的小灵通反正空闲着，就借给他用了。后来，老六为了不浪费时间，就花半个月的工资买了一辆旧的三轮车，在一块三合板上写了“搬家拖货”，挂在车头到处转悠，接一些零星的活计来做。工资加上外快，老六的收入似乎也过得去了，但是却没有看见他的生活有什么改善，依旧是萝卜、白菜拌米饭。

一次，老六替人搬家的时候，不小心摔坏了别人的电视机，老六赔不出钱，被人扣住车子给抵了，老六只好又像以前一样在储藏室里待着等电话。后来一段时间，老六一有空闲就拖着一个蛇皮袋上街捡可乐瓶卖。人们很奇怪，老六生活那么节俭，可为什么连个电视机都赔不起？有人猜测老六单身在外，说不定拿钱去找女人了，也有人认为老六那车子太破，他本来就不想要了。

半年之后，老六在替人搬家具的时候被压伤了脚，也不知道为什么，他反而被辞退了，只带回一点可怜的工资，没有其他的补偿。没过多久，老六把小灵通还给我，说要换地方住了，他在别的地方看到一个更便宜的出租房，而且离新上班的搬家公司很近。那时候他的脚还没有完全康复，扛着大包小包一歪一扭地走了。

在老六搬走后的第二天下午，我随手放在抽屉里的那个小灵通突然响了，是个陌生的外地号码，估计是找老六的。接起来一听，是老六的老婆从他们乡下打来的，她不断地哭着重复一句话："孩子死了。孩子死了。"原来，老六的孩子在去年被查出得了白血病，要花很多钱，医生说其实就算花了很多钱也是没啥希望的，但老六不甘心，说不管有没有得救都要花钱治，就算都没得救，多花点钱也总能让孩子多看一天世界……

最后，她一再地请求我帮她找到老六，我当然找不到任何理由来拒绝。

当我终于找到老六时，他正在卡车旁边搬家具，有个领头模样的胖子，正指手画脚地骂他装病，这一点点脚伤抬起东西却歪歪扭扭的……

一个多么渺小的搬家工，一个多么伟大的父亲。我向他走去，我知道，他马上又要大包小包、一歪一扭地搬家了，搬往远方那个已经残缺的家……

“大嘴美女”美在“真我”

1967年，一位长着一张大嘴巴的小女孩出生在美国佐治亚州斯迈那市的一个演员家庭里。她的父母都是一线演员，拥有非常俊朗和姣好的容貌，她还有一个名叫埃里克·罗伯茨的哥哥，长得同样非常俊俏。但让人难以置信的是这个小女孩却又瘦又黑，最让人难以接受的是长在她那张瘦脸上的大嘴巴，这使她成为家里唯一的丑女。

“大嘴丑女”中学毕业后，一来没能考上大学，二来没有找到更好的工作，她决定继承家庭传统——做一位演员。她的父母虽然是演艺圈的人，但是就因为她的嘴巴太大而提出诸多反对，包括她那已经在好莱坞混出一片小天地的哥哥在内，所有家人都建议她去从事别的工作。无论家人如何反对和建议，无论旁人对她的大嘴巴有多少不屑，她始终认为自己是美丽的，并且她自信她能演好每一个角色。半年后，她来到好莱坞闯荡，尽管她的哥哥就在好莱坞，但是因为对她进入演艺圈并不赞成和支持，所以也不替她引荐什么剧组。

有一次她来到一个剧组，经过一番努力之后，因为身材还算纤细修长，她终于找到了一个做替身的机会。当时正在为女主角拍摄一个露背镜头，当时女主角的背部刚好有一块比较明显的胎记，导演不满意要找替身，而对角色大小根本不在意的她这时候便顺利地进入了导演的视线，但是那几秒钟的露背根本不能让别人注意到她，在拍好镜头以后，导演对身边的工作人员说："她拍拍这些镜头倒不错的，反正不用拍到脸。"言下之意再明显不过了，那一次，她是哭着离开的，但是她在心里告诉自己：你们所不屑的，正是我最珍贵的自己。

后来她认识了当时在好莱坞颇有些实力的一位女明星，那位女明星把她引荐到了一个剧组，导演看了看她的试演后说："不是不给你机会，但是如果把机会给了你的话，那就意味着另一些条件比你更好的人就失去了机会。"接着，导演考虑了一下说："我有一位朋友，是纽约市最好的整容医师，如果可以的话，我非常乐意帮你联系到他。"而那位女明星也同样很善意地建议她说："好莱坞是一个美女云集的地方，你如果想在这里混出一片天地来，那就必须要为自己整容。"

"整容？那还是我自己吗？"她在心里反问对方，也反问自己，她笑笑回答说："我认为一个人最美丽的是'真我'，而不是某一个经过改造的器官。我要保留真正的自己。"说完就在一片不解的目光中离开了剧组。

她完全没有对这些好心人的提议多做半点考虑，她坚持认为是自己的就是最美丽的。

那之后，即便没有人找她演角色，她也不断地对着镜子为自己演，她努力钻研着各种神态和表情，哪怕一个眼神和一个被人称作是"大嘴"的微笑。直到有一天，有人找她在一部叫《花园》(*Garden*)的电影中饰演一个无关轻重的小配角，虽然在全片中只有20秒钟的戏份——站在花园的栅栏边往主角手中递去一份快餐并且微笑着收下钱。但是这对她来说依旧是一个不可多得的机会，因为她终于可以把真正属于她的脸正面展现出来了。她终于可以用她自己那张大嘴巴面对镜头微笑并且说台词了，尽管那句台词只是两个字——“谢谢”。当拍完那段戏后，导演完全被她那独特的魅力征服了，那是一种多么纯洁自然的微笑，那是一种多么让人心动的微笑。

尽管那部片子在当时并不算卖座，但是她的微笑却被几乎所有看过这部电影的观众深深记住了，一些小报纸甚至开始对她写起评论来。

那之后，她开始被邀请在一些低成本的电影中扮演一些角色，如《红血》《满足》等，她那种真我的美被越来越多的人所认可。两年后，她在《神秘的馅饼》中饰演一位倔强性感的女招待首次受到评论界的一致好评。而之后的《钢木兰花》一片更是使她一举成名，她用一个与病魔斗争的刚毅年轻女子的形象获得了金球最佳女配角和奥斯卡最佳女配角的提名，1990年她又因主演了《漂亮女人》而真正跨上了明星宝座。

多年来，她就凭着她那“真我”的嘴巴和不凡的演技以及不屈不挠的精神，获得了诸如“独立精神奖最佳女主角”“金球奖剧情类最佳女配角”“金球奖最佳女主角”“民选奖最喜爱电影女明星”“ShoWest奖年度最佳女星”等等一系列的奖项，特别是2001年的《永不妥协》一片，更是使她一举获得“奥斯卡最佳女主角”的殊荣。更值得一说的是，正是这位在起初连家人都认为是“大嘴丑女”的姑娘，在1990及1991年却连续两年被（*People*）杂志选为年度全球50美人之一，英国杂志（*Empire*）更是将她列名“影史百大明星”第66名。

没错。当初的这位“大嘴丑女”，就是如今美遍全球的“大嘴美女”朱莉亚·罗伯茨。2009年，因生育和家庭而息影多年的朱莉亚·罗伯茨在复出影坛后，面对美国（*March*）杂志记者“你自己如何看待这一形象转变”的提问时，她说：“我其实不美，但如果说为什么会享有‘大嘴美女’这个称号的话，我想那可能就是我那始终保持真我的个性吧。”

有一种翅膀叫信念

帕斯卡尔·克雷曼在 1968 年出生于法国南部一个叫图卢兹的小城,因为他的母亲尚塔尔·克雷曼身体不好,在怀孕期间使用一种化学药物来保胎,结果药物的副作用对肚子里的孩子形成了极大的影响,导致帕斯卡尔·克雷曼一出生就有了先天性的残疾。

到了帕斯卡尔·克雷曼上学的年龄,他的祖父带他去学校,但是校长不愿意接收这个孩子。后来经过一个牧师的帮助,他进了一所比较小的学校读书,他的父母请了一个保姆跟在他身边帮他打理生活,包括翻书和写字。

帕斯卡尔·克雷曼决定摆脱这种状况,他渴望成长与独立。他请求父亲为他安装了两个假肢,由于当时技术条件有限,假肢笨重而且不灵活,除了让他能在镜子面前幻想自己长出双臂的样子以外,假肢并不能带给他什么。他从小喜爱音乐,但是因为没有双臂,他只能用一个哨子作为乐器吹着玩。一个夏天,他坐在小椅子上吹哨子,不小心哨子掉到了地上,他的假肢竟然无法把那个哨子捡起来,这时他注意到了穿着凉拖鞋的那双嫩嫩的小脚,下意识地伸出脚用脚趾把哨子夹起来的时候,猛然发现自己的脚趾竟然比假肢更灵活,在那一刻,他萌生了一个想法:用双脚代替双手。

从那以后,他就开始用双脚练习自理生活,看书,写字,打电子游戏,弹奏吉他和电子琴。夏天还行,冬天冷得让人受不了,但是他在室内都是坚持赤脚,即便是出门,也是拖一双棉拖鞋,因为他的双脚随时都会用来购物、拿食物、翻报纸。脚趾被冻得发紫,磨得破皮,他也不肯中断练习。日复一日,年复一年,他的双脚已经渐渐成了他的“双手”,甚至是穿衣和做饭都可以独立完成。帕斯卡尔·克雷曼21岁时,他在法律学业上也取得了较好的成绩,并且还考取了学位。

他早已经适应用脚看书写字的生活,从事法律服务行业对他来说已经完全没有什么障碍。如果说考取了法律学位对他今后的人生是一种无形的定格,那么让他的人生产生绝对变化的则是音乐和一种不屈不挠的精神。

那是在他大学毕业前的校园音乐会,一些玩DJ音乐的同学在音乐会上用自己制作的DJ音乐让整个音乐会高潮迭起,人们随着DJ的节奏而起舞,让人觉得连大地也在为这些美妙的音乐而颤动,他神往了。那一刻,他决定要做一名DJ音乐人。

帕斯卡尔·克雷曼的母亲尚塔尔·克雷曼提出了强烈的反对,因为他为学习法律已经付出了十几年的努力,而且还获得了学位,跻身法律服务行业已经是水到渠成的事了。而他现在突然决定成为DJ音乐人,这就意味着放弃了之前所有的一切。他的母亲对他说:“我相信你的音乐天赋,但是做DJ音乐行业是必须用手的,你能和他们那些音乐人一样吗?还有,你现在在法律行业已经能看见很好的前景了,很多人为此奋斗多年都不能取得学位,你不能这么轻易放弃。”

帕斯卡尔·克雷曼回答说:“我不和别人比,我只是要做我想做的事。”

反对不见效,家里人也只能支持他。父母为他购买了电脑和电唱机,他就开始在家里用双脚练习搓盘,凭着一股韧劲和在音乐方面的天赋,几年之后,他制作的DJ音乐胶片已经开始小规模地进入当地市场。在图卢兹,许多舞会和酒吧都开始用他制作的DJ音乐。不久之后,他的DJ作品进入了法国著名DJ音乐人劳伦特·盖尼尔的视线,劳伦特·盖尼尔随即找到了帕斯卡尔·克雷曼,邀请他加入自己的音乐小组一起前往巴黎演出。演出那天,当观众们得知这一次演出里将会出现一位没有双臂的DJ音乐人时,表示出了强烈的不满,纷纷要求撤换帕斯卡尔·克雷曼的节目。一直到帕斯卡尔·克雷曼走上舞台,这种喊声依旧没有停止。帕斯卡尔·克雷曼说:“我没有双臂却能快乐地生活着,是因为我从不和别人比较,我没有双臂却愿放弃法律专业走上DJ音乐制作这条路,也是因为我从来不和别人比较,我之所以来到这里演出,也是因为我从来不和别人比较。我只是酷爱DJ音乐,所以,我只是希望大家也别拿我和别人比较。”

都是音乐爱好者,帕斯卡尔·克雷曼这番话让观众们从内心里对他升出了一些敬仰和感动,观众们再也不反对他演出了。随着他充满激情的表演,伴随着他的音乐,整个演出现场都震撼了,一次又一次的掌声从舞台下响起。人们在尽情的舞蹈中向他投去赞赏的目光,演出结束后,所有到场的人都对他们说谢谢,之前的那种不满情绪完全消失了。

现在,帕斯卡尔·克雷曼在法国已经是一位非常有影响力的DJ音乐人,他除了有时候出去演出,大部分时间都待在自己的音乐工作室里,用他的双脚操作音响、均衡器和电脑、碟片以及各类电子设备,优秀的DJ音乐作品也随之源源不断地红火在各地音乐市场。2009年,他的新专辑(*VA-Psylove*)更是在全球创下了500万张的超高纪录,这在法国DJ音乐人里是绝无仅有的一个。

帕斯卡尔·克雷曼没有双手,但却拥有一双无法用肉眼看见的翅膀,他凭借着这双翅膀自由地翱翔在DJ音乐的天堂里。有人说他的双脚就是他的翅膀,因为他用双脚创造出了无数的优秀DJ作品。其实,这也只是说对了一半,他那双翅膀的真正名字应该叫作——信念。

再往高处登一步

艾斯基尔小时候不仅胆小内向，而且还特别怕高，他甚至从来不敢坐上父亲的摩托车。为此，他的父母只能把家从六楼搬到了一楼。艾斯基尔上学以后，不像别的小男孩一样顽皮，更加不会像别的小朋友一样爬高爬低、跳上跳下。

在他10岁的时候，学校组织去一个郊外的小山坡野炊，当他们来到山顶后，艾斯基尔不经意地往下看了一眼，顿时晕倒在地上。事后，医生诊断出艾斯基尔患有非常严重的恐高症，并建议他以及他的父母说："一定不能到高处去。"

同学们把这当作一个笑话，取笑他是怕高的小虫子。他自卑极了，觉得自己是这个世界上最没用的人。

艾斯基尔决心要改变自己。他回到家里以后，爬上了花园里那个一米多高的水泥台上，刚上去的时候心里特别紧张，但是他想到自己被人取笑时的尴尬，就铁了心无论如何也要战胜自己对于"高"的恐惧。他先是咬着牙、闭着眼站在上面，后来他慢慢地睁开了眼睛，站了十来分钟以后，他发现站在这台子上其实也并不可怕。第二天，他甚至可以在水泥台上很自如地爬上跳下了。他控制不住心中的喜悦，兴奋地把这件事和父亲说了，他的父亲看了他的表现后略略夸了他几句，因为这个水泥台并不高，他不认为爬上去是一件多么了不起的事情。艾斯基尔看懂了父亲的神色，他说："父亲，您能再拿一把木椅过来吗？"

他的父亲不解地问："拿椅子来做什么？"

艾斯基尔说："我要再往高处登一步。"

他的父亲真的就搬来一把木椅放在水泥台上，艾斯基尔并不敢马上站上去，只是坐在椅子上。几分钟后，他对父亲说："您扶着我站上去好吗？"他的父亲答应了，用手护着他爬上椅子并站直身子，当艾斯基尔站稳后，心中那紧张和恐惧的感觉也随着时间一分一秒地过去而逐渐变淡，五分钟以后，父亲松开了手臂，艾斯基尔的放松又恢复到了原来的恐惧，但他还是坚持着站在上面，十来分钟以后，他脸上的紧张感渐渐消失了，他向空中展开了手臂，兴奋地大喊起来："我不再是怕高的小虫子了。"

从那以后，他每适应一个高度就不断要求自己再站到更高一点的地方去，他的父亲先是为他制作了一架五米高的木梯靠在墙上，他每天都能在一个新的高度上适应下来，哪怕有时候仅仅是可怜的一小步。

就在这种"再往高处登一步"的信念下，努力克服了自己的心理恐惧，在不久之后，他就可以轻松自如地登上梯子的顶部了。后来，他的父亲通过朋友的关系带他进入了一个工厂，工厂里有一根高达40米的烟囱，烟囱外围有一架供工人们上下的铁梯，艾斯基尔在铁梯上坚持每天都要往更高处跨上一级，从怕到不怕，从不怕到适应，他每登上更高的一步就能得到一种成功的喜悦和兴奋。半年时间后，他爬上了烟囱的最顶端。那一次，他的父亲为他燃放了一个价值500克朗的烟花以示庆祝。

在艾斯基尔 14 岁的时候,“高”这个字眼儿对他来说已经完全没有什么可怕的了,相反他还觉得“高”是一个能带给他无限挑战自我的机会,他可以从中获得无限的快乐和满足。中学毕业前的最后一次同学郊游中,他用一根绳索和一个铁钩爬上了一个高达一百多米的悬崖,在场的人看了无不觉得惊诧,但艾斯基尔心里却认为这还不够,下次一定要以更难的方式挑战更新的高度。不久,他加入了一个杂技团学习各种杂要技术。渐渐地,他用一个个新方式挑战了一个又一个的新高度并且在上面进行精彩的表演。

多年来,他已经完成了无数次让观看者们心惊胆战的自我挑战。例如在 2001 年从拉在间距 50 米的两个 300 米高的悬崖上的钢丝绳走过;2003 年在一个 400 米高的悬崖边缘玩倒立;2006 年又爬上了一座 600 米高的悬崖,架起一把倾斜到悬崖外的木梯,然后爬到梯子顶端,表演倒立……最近,艾斯基尔又在挪威海峡一处 1000 米高的悬崖间拉上钢丝,在钢丝上赤身裸体地表演倒立骑自行车。更让人无法相信的是他在这些所有的自我挑战中,没有一次采用过任何方式的保护措施。

无数次的成功,让艾斯基尔成为一个“能用人体在空中作画的人”。对于更远大的目标,艾斯基尔希望今后能够在世界最高的建筑物——迪拜塔上进行平衡表演。当英国 UKTV 电视台的记者问及下一个自我挑战的意义时,艾斯基尔说了一句他在小时候就对父亲说过的话:“再往高处登一步。”

痛，证明你活着

她的病症开始发作的时候，已经到了晚期，他陪着她走过许多医院，治疗归治疗，但实际上每一位医生都对治愈她的病表示不乐观。

他到处为她打听哪儿能治疗这样的病。终于，有人介绍他到上海一家大医院去。但是那昂贵的治疗费让他难以承担，他拿出了所有积蓄，又拿出房产证准备把房子也卖了。

她拉住他的手说："别为我做那么多事了，我的病我自己知道，听天由命吧。"

他说："你的病可以治好的，我相信。"

她拗不过他，答应去上海治疗。他们坐火车去了上海，住进了医院，医生庆幸地说："再迟一点来的话就很麻烦了。"

手术进行了8个小时，很顺利。手术后，他坐在她的病床边，轻轻地抚摸她的头发，为她擦去额前那些细微的汗水。她渐渐苏醒过来，她觉得手术的刀口很痛，她甚至能感觉到有一丝丝的鲜血正渗出来，渗进包在伤口外的纱布。

他紧紧握住她的手。她皱着眉头，轻轻呻吟着，她说："太痛了，我受不了。”

他说：“我知道你痛，但是痛证明了你正活着，我们能活着就是最好的事情，这样，你还怕痛吗？”

她摇头，她微笑说再也不怕痛了，而应该享受痛的感觉。因为痛让她感觉到自己正活着。

两个月后，他们回到家。实际上他们已经没有家了，他们在一个小区里租了一间房子。那天，他用轮椅推着她逛街，经过了他们原先居住的小区门口，她想起了那个曾经的家，潸然泪下，她觉得有些愧疚，有些无奈，甚至有些痛苦。她觉得是她把这个家几乎毁了。

他握住她的手说：“一切都会过去，我们现在正好好地活着，这是最值得开心的事，我们的一切都可以从头再来。”他接着开始说起他的目标，找一份好工作，努力挣钱，买一个更大的房子给她住。

他说着说着笑了。她听着听着哭了。那是一种感动的哭，是坚强的哭，是珍惜生活的哭。她边哭边对他说：“我相信我们今后会过得更好。”

生命的最大价值在于活着。生活中，我们总认为“痛”是一件可怕的事情，其实，在承受“痛”的时候，我们不妨再给自己一点勇气告诉自己：我不怕痛，因为痛让我觉得我还活着，活着就是最好的。

·别人的错

少林寺里。

一位小和尚常被师兄弟们欺负，终于有一次，他与师兄弟们大闹了一场，结果被师父赶出了少林寺。

小和尚无法理解师兄弟们为什么老是欺负他，更无法理解为什么师父总是偏袒着那些师兄弟。

离开少林寺后，小和尚万念俱灰，什么事也不想做，成天在野外胡乱游荡，就这样整整过了一年。

有一天，小和尚来到一条小河边，一位仙风道骨的老者坐在河边的枯草堆上发呆。

小和尚走过去问："您为什么坐在这里？"

老者说："我无法过河。"

小和尚说："这条河不深，应该很容易过去啊。"

老者说："河虽然不深，但是水里的石头做错事情了。"

小和尚不解地问："石头也会做事？它们做错了什么事情？"

老者说："石头上长满了青油，我一踩上去就会滑倒，所以我过不了河。他们不应该长出那么多青油的。”

小和尚走到水边看了看，那些石头果然如老者所说的，青青的，非常滑，人根本就无法从那上面走，他往老者身旁的枯草看了看说：“老人家何必怪石头做错了事？只要我们在脚板上捆一些枯草，那样踩在石头上就不会滑了。”

老者闻言大悦，连忙也与小和尚一起抓了许多枯草捆在脚板上，然后，在小和尚的搀扶下，轻松地过了河。

过了河后，老者轻轻叹了一口气说：“我已经在这里坐了三个时辰了，之前我一直怨恨那些石头做错了事让我过不了河，看来我这种只是责怪石头而自己却不想办法过河的做法本身就是一种错误啊。”

年轻人听后，若有所思。

从那以后，他放开了心结，调整了心态，致力于练武修学，几十年后，他开创了名垂千古的武当派。没错，那位小和尚就是武当派创始人：张三丰。

一包花生

海啸在没有任何征兆的情况下袭击了这座贫穷的海滨小镇，无数大树和房子被大风刮倒，包括小镇上唯一的一所学校——艾莱特小学。艾莱特是这所小学的校名，同时也是个人名，他是城里的一位富翁。

以前，这座小镇没有自己的学校，所有的孩子们都要走到五里路以外的另一座小镇上去读书。后来，镇长想在自己的镇上建一所学校，为了得到资助，他四处奔走，最后在艾莱特富翁那里得到了兴建学校所需的全部资金。学校建成后，为了对艾莱特富翁表示感谢，镇长把富翁的名字立为小学的校名。但是天有不测风云，一场海啸把这所学校完全摧毁了。

镇长为此成天眉头紧锁，他想再次去外面寻求帮助。几天之后，他敲响了艾莱特富翁的家门。

“艾莱特先生，非常感谢您给我们镇上的帮助。但那所学校在这次海啸中被摧毁了，孩子们不能不读书，所以，我希望能再次得到您的帮助。”镇长说。

“我已经帮助过你们一次了，现在学校又没有了，但那并不是我的错，为什么我要再次帮助你们？”艾莱特说完，转身就往里走。

“艾莱特先生，我……”镇长想再说什么，但艾莱特却“砰”的一声把门关上了。

镇长正要无奈地离开，这时艾莱特又打开门说：“我不是一个铁石心肠的人，现在海啸刚刚过，你们那里一定缺少食物，我资助给你一包花生吧。”说完把一包最多只装有一公斤花生的袋子递到了镇长手上。

镇长带着花生回到镇上，孩子们正在学校废墟旁的一块空地上读书。镇长觉得很愧对这些孩子们，竟然没有说动艾莱特再帮助他们一次，虽然，艾莱特给了他一包花生，但是那包花生只有这么一点，能有什么用呢？

“镇长回来了。”孩子们见到镇长走过来，纷纷站起身来问，“镇长，艾莱特先生答应帮助我们了吗？”

“孩子们，非常抱歉，艾莱特先生只资助给我们这包花生，但是它只有那么一点，所以我只能给每人分几颗。”校长带着愧意地说。

孩子们看着镇长手中的花生，纷纷沮丧地低下了头。

“不过我想，这些花生虽然不多，但是如果把这些花生种到地里去，那不就可以长出许多花生来了吗？我们现在虽然穷苦，但是这几颗花生对我们来说实际上并没有多大的帮助，还不如让我们付出一点劳动，让这些花生变得更多。”镇长说。

“太好了，镇长。在我们的学校废墟旁边就有一块空地，就把这些花生种到那儿去吧。”孩子纷纷应和着说。

说干就干，镇长立刻和孩子们、老师们一起动手，给那块空地锄了草翻了土，把花生种了下去。时间一天天过去，孩子们继续在学校废墟边读着书，花生也在他们的照看下发出了芽长出了绿叶。一天，镇长从这里经过，他看着一片绿油油的花生地，心想既然付出一点劳动就能使那一小包花生变成这样，那为什么不能自己动手造一所学校呢？

从那一天开始，镇长就每天来到孩子们身边，带领着孩子们一起清理废墟，一起到海边捡石头、锯树木，镇长和孩子们的这种精神感动了镇上的所有居民，他们纷纷加入这个队伍。

日复一日，半年之后，在那片原先的废墟上已经堆起了一座小山似的石头和木料，但是要造一所学校光有这些材料还远远不够，镇长再次陷入了沉思。

一天，镇长坐在那堆材料旁，呆呆地看着在太阳下读书的孩子们。这时从远处传来一阵嗒嗒的马蹄声，一辆豪华的大马车往这边驶来。镇上没有这样的马车，那是谁的呢？正这样想着，车子已来到了跟前，竟然是艾莱特富翁从车子上跨了下来，他朝那片绿油油的花生地看了看，困惑地问："这片花生是……"

"那是您资助给我们的花生，我们没有吃掉，种了起来。"镇长说。

"哦？是这样啊。"艾莱特带着赞赏的神色点了点头，接下来又指着那一堆材料说，"那又是什么呢？"

"我们没有更多的钱用来造学校，所以我们只能自己动手，那就是我们自己动手准备的材料。"镇长说。

艾莱特依旧带着那种赞赏的神色点了点头，围着正在读书的孩子们转了一圈，然后坐上马车离开了。

三天后，镇长收到了一笔足以重建学校的汇款和一封信，信上写着："尊敬的镇长。你对孩子们的爱一直深深地感动着我，虽然校园依旧没有重建起来，但是我看到了那么多的石头和木料，虽然一包花生没有填饱你们每个人的肚子，但是我看到了那么大的一片花生地。我为我所资助给你们的那一包花生而深表愧疚，但是我只是希望我所帮助的人，并不是一有困难就想着让别人帮忙的人，而是本身就热爱劳动的人。真正改变命运的，永远都是自己的劳动。”信的落款上，写着的名字是——艾莱特。

第二辑

我不懂，我可以学

长期以来，我们一直把“知之为知之，不知为不知”作为一种可贵的美德，但从高梅的身上，我们发现在今天这个社会，仅有这种美德还不够，在承认自己“不知”的同时，还必须要有一种“我可以学”的坚定信念，否则光有美德而不求上进，也是不可取的。

桌子上的钱

一位善于思考的商人做了许多生意，但都失败了。

有一次，他怀着学习之心去求见一位做生意非常成功的富翁，打算学习一些致富的经验。说明来意后，富翁从身后的保险柜里取出50万美元放在那位商人面前说：“桌子上的钱送给你。”

商人惊诧地想：“我没有为他做任何事情，他为什么要送我那么多钱？是打算让我替他做什么事吗？可是我能为他做什么事呢？如果我确实能帮他做什么事，但问题是我做了那些事之后会为我带来什么不好的后果吗？他的财力那么雄厚，手下难道没有人为他做那件事情吗？为什么偏偏要叫我做呢……”

这时，富翁指了指桌子上的钱说：“快把桌子上的钱收起来啊。”

一听到富翁催促，这位商人心想：“他的心情非常急躁，看来只要我一收下钱，他就会迫不及待地叫我做一件极其可怕的事情，那时候我就连拒绝都不可能了，我无论如何也不能收下那些钱。”于是他朝富翁连连摆手，推辞说他无功不受禄，不能收下那些钱。

富翁说：“我发誓我愿意将桌子上这些钱无条件地送给你。”

商人又想："既然说了无条件，就算他在我收下钱后要我做什么坏事，我大不了把钱还给他。"于是接着说，"好，我收下，谢谢。"

但是等他说出这些话的时候，富翁已经将些钱放回保险柜了。他心想富翁一定是以为他不要了才把钱放了回去，于是再次开口说："谢谢你，我愿意收下这些钱。"

富翁说："你现在想要了吗？"

商人说："是的。"

富翁说："那好，可是桌子上的钱呢？"

商人说："已经让你放回去了。"

富翁说："是的，我已经把它放回去了，你要记住：天底下没有永远等着你的机会，如果你之前没有考虑那么多，桌子上的那笔钱就属于你的了，但你考虑了太多，浪费了太多时间，所以等你做出收下这些钱的决定时，你面前的桌子上已经没有一分钱了，因为我已经改变主意，把钱放回去了。"

成功的关键不在于你思考得有多全面多详尽，而在于你能不能及时抓住那些出现在你面前的大好机会。

母爱是一种生命

一个初秋的早上，在福建省南安市的一个山村，一位叫谢清泉的村民像往常一样，把家里的两头牛放到僻静的虎耳山吃草，每天天一黑，两头牛都会一起自己回家。但是那天晚上，公牛回来了，母牛却不见了踪影。

母牛不见了，谢清泉急得像失了魂似的到处找。先不说母牛本身也值四五千块钱，它还是一条好好的生命啊，而且养了这么多年，已经深有感情了。

村民们也是异常热心地帮忙满山遍野地搜寻，可就是没有见到母牛的踪影。一连几天，他每天都发动村里的亲邻们到山里山外寻找，但是都毫无结果。

一天过去，两天过去了，十天过去了……母牛依然没有踪影。

直到第21天，一位上山给树施肥的村民发现了那头母牛，它陷在一个深坑里。这位村民伸手摸了一下牛屁股，竟然还有热气，而且还能感受它的皮肤因为微微喘息而产生的起伏，他迅速下山告诉了谢清泉，谢清泉得知这件事情后，飞也似的跑上山。果然，他的母牛一头扎在一个两米深、一米宽的坑内,屁股朝外,动弹不得,只能保持着同一个姿势,洞里是一些坍塌的碎石和尘土,没有水也没有草料。

听说谢清泉家的母牛在山上一个深洞里被找到了,村里的人都赶来帮忙解救母牛,大家有的挖土,有的搬土。谢清泉赶紧叫那刚刚生下孩子不久的媳妇泡来家里最有营养的麦片和给小孩吃的奶粉,一边挖,一边喂给母牛吃。半个多小时后,终于挖出了一条通道,母牛慢慢站了起来,它获救了。

母牛刚从坑里出来,一点力气也没有,瘦了几十斤肉,21 天了,谁都认为它已经死了, 没想它还竟然还奇迹般地活着。为了庆祝母牛的获救,谢清泉还特地放了一大串鞭炮。村里的老人们都纷纷感叹说活了这么一大把年纪,还从来没有见过 21 天不吃不喝也能活下来的牛。

因为这么长时间没有吃喝,下山后,谢泉清请来了镇上的兽医对母牛进行了体检,发现母牛已经怀孕三四个月,身体方面大致上还算是健康。

这个消息不知道怎么就传到了当地畜牧兽医局, 局长邀请了我们几位记者驱车赶往村里探望这头母牛,局长看着这头历经 21 天无水无食而依旧存活的牛,连连惊叹地说:"一般情况下,牛不吃不喝只能活十多天,21 天还闻所未闻。这是生命的奇迹。这就是奇迹。"

"这不是奇迹,这是一种母爱。"在院子的另一个角落,正抱着孩子喂奶的谢清泉媳妇轻声说。

这句话让我在瞬间动容。对, 母爱, 如果它的肚子里没有怀上小牛,那么这头母牛的最终命运很可能就是停留在局长的专业知识之内:只能活十多天。

母爱,不仅仅是一种爱,她还是一种生命。

高过喜马拉雅山的小矮人

2009年夏末，一位名叫乔比的印度年轻人成功攀登上了喜马拉雅山的顶峰，几乎让人无法相信的是，乔比是一位身高仅一米的“小矮人”。

乔比出生在印度的喀拉拉邦，在三岁的时候，乔比患上了一种奇特的病，这导致他的身高永远停留在了1米的高度上。乔比的家位于一个高达400米的山顶。转眼到了该上学的年龄，但是山顶没有学校，要上学就必须到山下的镇子上去。开始上学后，乔比的母亲就每天往返于学校接送他，因此，乔比的同学们常常取笑他是一个永远长不大的孩子。乔比伤心极了，第二年，他坚决不让母亲接送，自己一个人上学去。

别的同学都能在山路上快速行走甚至是奔跑，别人能一跃而过的小凸坡，对于乔比来说简直就是一个无比巨大的悬崖，需要手脚并用才行。拽树根、抓岩石才能一点点地往前走。他的手被岩石和树枝刮破了，乔比咬着牙坚持着继续往前走。自己上学去的第一天，等他到了学校时，已经是第二节课都下课了。

为了不迟到，乔比每天都提早一个多小时起床，天还没有完全亮就开始上路。时间一天天过去，他在山路上行走的速度越来越快，提早起床的时间越缩越短。但即便如此，他在同学们眼中依旧只是一个小矮人。学校里，足球和篮球向来都是男同学们的最爱，尽管乔比也非常渴望能和同学们一起踢足球打篮球，但是从来没有一个同学愿意去邀请他一起玩。其实乔比自己也知道，即便是同学们叫他一起去玩，他也没有能力玩好篮球和足球。

"难道我就真的这样一无是处？"乔比沮丧极了。有一次，在课间活动中，几位男同学玩起了掰手腕游戏，热闹的场面让乔比非常羡慕。他凑过去怯怯地说："我也想试试。"

"你？"同学们看到乔比也想来掰手腕，一个个都笑了起来，一位最瘦弱的男同学答应了陪他玩玩，他伸出一个手指说："你用手掌捏住我一个指头，我也能轻易把你掰倒。"

乔比决意不同意这种明显带着歧视甚至是污辱的游戏方式，在乔比的强烈要求下，那位瘦弱的同学终于和他互握手掌，来一场公平的掰手腕游戏，让人没有想到的是，乔比很轻易地就把对方给掰倒了。一边旁观的男同学边取笑那位瘦弱的男同学，边上阵来想让乔比见识一下，但是，上来一位就输一位，短短十分钟里，围观的男同学们一个个轮番上阵，但即使是这样，除了一位最高大的同学和乔比掰成平手外，其余全都败在了乔比手下。

乔比的胜利让所有同学都惊诧不已，其实他们没有想到的是，乔比的个子虽然矮，在往返于学校的山路上需要手脚并用，但是也就在那种日复一日地手脚并用，使他的手臂得到了比别人更多的锻炼，拥有了比同学们更大的力量。

掰手腕的胜利让乔比产生了一种前所未有的自信，他意识到自己在某些事上虽然无法和同学们相提并论，但同样在某些事情上，他却能比别人更好，例如自己的臂力。

从此后，他更加努力地锻炼自己手臂的力量，除了原来的爬山外，他还坚持练习单杠、俯卧撑、提砖头。到了中学毕业的时候，他已经可以一次性在单杠上做引体向上运动一千多下，能够单臂着地、双脚浮空保持身体平衡一个小时，一座高达数百级的石阶，他仅靠双手支撑就能一级级地轻松跃到顶部。与此同时，他还把小时候就练就的爬山本领当成了一种不断自我挑战的途径和方法。几年中，他连续成功攀登了印度的达吉岭、温迪亚山、鸡足山。到目前为止，乔比先后在五次世界级别的“掰手腕”大赛中登上领奖台，成了一位名副其实的世界级“臂力王”。

在成功攀登上了喜马拉雅山的顶峰之后，乔比把下一步目标锁定在了世界屋脊珠穆朗玛峰，“那或许需要花费我许多时间来准备，但我所取得的一切成功让我相信，我可以做到。”在接受媒介采访的时候，乔比信心十足地说。

· 总有一份努力让你成功

十几年前，台北有一位不得志的年轻人，先后做过推销员和送餐工的他，非常热爱诗歌文学，并且擅长拆解文字惯性和赋予新意，所以他心中有一个强烈的渴望——成为一名歌词创作人。

然而，一个挣扎在社会底层的年轻人，写出来的歌词根本无法进入这个人才济济而且竞争激烈的娱乐圈。为了能让别人看见自己的作品，他每次都把写好后的歌词打印出来，寄给一些大大小小的唱片公司和音乐人，每次一寄就是上百封，昂贵的打印费使他把当推销员的收入有一大半都用在了这个上面。

尽管这样坚持了几年，但年轻人的努力却始终没有得到任何回报，寄出去的歌词无不是石沉大海、杳无音信。“你一个推销员想成为作词人，简直太离谱了、太不切实际了。”他的亲人们这样说他，但是这没有打击到年轻人追寻梦想的信念，他继续努力着创作更多更好的歌词，继续努力着把这些歌词寄往唱片公司和音乐人。

终于，在他累计寄出数千封信后的一个半夜，突然接到了台湾娱乐大腕吴宗宪的电话，他被邀请到了新成立的音乐工作室从事歌词创作。

吴宗宪麾下有十多位同事,有的作词有的作曲,年轻人那种质地新颖、亦诗亦歌的词风很快成了众多作曲人的抢手货,但总是没有人能够巧妙把握其心意。恰在这些时候,周杰伦也出现在了吴宗宪的工作室,几乎同样的奋斗经历使两人很快形成了一种默契,无论是以曲作词还是按词谱曲,两人都能相互理解和揣摩意境。渐渐地,他和周杰伦的组合被固定下来。后来,周杰伦从幕后走向前台并迅速走红,成为全亚洲新人王,而他也成了周杰伦不可替代的"御用词人"。

十年来,由他作词并获奖的歌曲佳作数不胜数,获奖不计其数。他本人在历年"最佳作词人"一奖上也是出尽了风头。"他简直就是最佳作词人的代名词。"华纳唱片董事长陈泽杉曾这样评价他。没错,他就是如今用歌词掀起一股新文化现象的方文山。

"努力不一定就会收获,但努力多了,总会让你走向成功。"一次颁奖典礼上,接过奖杯的方文山这样说。

有百分之九十九的努力必须浪费

1996年，还在美国留学的杨澜第一次采访亨利·艾尔弗雷德·基辛格博士。

基辛格博士是美国当代著名外交家、国际问题专家，曾任美国尼克松政府国家安全事务助理、国务卿，福特政府国务卿。但那时候的杨澜，却刚刚开始做访谈节目，根本没有什么经验。相对于基辛格博士，杨澜则明显嫩了一些。为了采访能有主题，杨澜把基辛格博士当年与周总理的谈话内容作了一些了解。

杨澜认为那段内容是最主要的，所有话题都将由此而展开。但是事情并不如杨澜所料，她对于这段历史的了解远远够不上用来与基辛格博士进行一次完整的交谈，整个采访过程中，杨澜的提问简直算是东一榔头西一棒子的，甚至问了许多无关主题的话：那时周总理请你吃北京烤鸭，你吃了几只啊？你一生处理了很多的外交事件，你最骄傲的是什么？

这让处惯高端访问的基辛格博士几乎无所适从，在他持续的困惑中，访谈节目结束了。杨澜的第一次高端采访，以毫无亮点甚至是失败而告终。

这让杨澜意识到，在采访前必须要做好充分的准备，可是，像基辛格博士这样人生背景无比丰富的世界名人，又该如何精确把握到该准备哪方面的内容最恰当？

杨澜对她的导师说出了自己的困惑。她的导师问她："把一条一斤重的鱼全身擦湿需要多少水？"

杨澜说："那不用太多吧，把棉花蘸上水就足够把一条鱼擦湿了。"

导师又问她："一条鱼一天要喝掉多少水？"

杨澜说："如果是淡水鱼的话，那它是一辈子也不喝水的。"

导师说："这也就是说，一条鱼它真正需要的只有足以擦湿他身体的那点水。因为无论它游到哪里，他的身体真正所能接触到的只有那一点水。但是，你养一条鱼，是不是仅靠棉花里的那点水呢？"

"天哪。那样它根本无法继续存活，我必须要为它加满鱼缸里的水才行。"杨澜惊讶不已地说。

"对，必须要加满水，鱼才能活，但事实上这条鱼所能接触到的只有棉花里的那点水。采访也是一样，必须作最百分之百的准备，哪怕最终要浪费百分之九十九的努力。"导师说。

这番话给了杨澜无限的启示和感悟，从那以后的每次采访，杨澜都会尽力地事先做好准备，虽然也确实如导师所说，最终用上的往往只是百分之一，但那百分之一的使用率，使杨澜在多年拼搏中走出了一条属于自己的成功之路。

今年是中美建交30周年，前不久，杨澜再次采访了基辛格博士。在采访前的相当一段时间里，杨澜把所有相关资料都搜集了，从基辛格博士在哈佛当教授时写的论文、演讲稿，到他的传记，另外还有厚厚的

7本书，全都完完整整地看了遍。虽然采访只有27分钟，但取得了非凡的效果。

杨澜对基辛格博士的最后一个问题是："这是一个全球化的时代，有很多共赢和合作的机会，但也出现了宗教的、种族的、文化的强烈冲突，你认为我们这个世界到底往哪去？和平在多长时间内是有可能的？"

基辛格博士直起身说："你问了一个非常好的问题。"随即，基辛格博士阐述了他对和平的理解，"和平不是一个绝对的和平，而是不同的势力在冲突和较量中所达到的一个短暂的平衡状态。"接着，他把外交的理念与当今的世界包括中东的局势相结合，作了一番分析和解说。

虽然采访只有27分钟，但其中所展现出来的深度还是得到了国内外许多外交专家的认可，那是一次无比成功的采访。

事后，杨澜说："我看了那么多资料，虽然最终只用上了一两个问题，但这并不表示事先准备是多余的。好比是一条鱼需要的仅仅只有汲在棉花里的那点水，可是要养活那条鱼，却必须要加满一鱼缸的水，而正是这些看上去多余的水，把握住了鱼的任何一个游向。

一个人所做的任何努力，从来都不会真正被浪费，哪怕只有其中的百分之一派上了用场，就像是一条鱼，没有那一缸多余的水，根本不能游动。

风里的灯箱

我在空旷的开发区街道下了车,向不远处的办公大楼走去。

半小时前,在开发区任得一官半职的一位亲戚打来电话,说他凭着自己的“面子”帮我在一家企业安排了好岗位,那岗位普通人努力上十年也未必能得到,说让我过去,把我带给人家老总看看。正走着,亲戚又来电话说人家老总还在开会,叫我饭后再去好了。

此时已接近中午,我的肚子也有些饿了,正巧前面路边竖着一只写有“酒菜面饭”字样的落地灯箱,那白地红字在这条空旷但又略显杂乱的开发区街道上显得特别醒目。我走进那家饭馆,里面的设施非常简陋,五六张桌子靠墙摆着,桌面上泛着未擦干净的油光,最里边放着一只饭店专用的多格鱼缸,但只在最下面的一格里蜷缩着几条分不出死活的黄鳝。顶部的墙上搭出一个钢架,上面摆着一台陈旧的电视机,正播放着一些具有催眠作用的广告节目。

看我进来,正面对着电视机的一对年轻人把头转了过来,女的用布象征性地抹了抹桌子叫我坐下,然后非常热情地向我推荐他们店里的特色菜,我点了其中的一道不算太贵的并另配了一个汤,之后小伙子站起身来走进厨房。

没多久，饭菜搞定。虽然那是他们店里的特色菜，可是味道却太咸了，尽管我的肚子饿了，可吃起那菜来却依旧没有什么胃口。小伙子从厨房里面出来，很客气地给了我一支烟，然后问我味道怎么样。反正也是难得进一回，咸就咸一点吧，我也不来提什么意见，只说还行还行。然后，那小伙子和我东拉西扯地搭起了讪。

正这样吃着，天色不知不觉变了，风也有些大了起来。突然，门外“砰”的一声响把我吓了一跳，寻声望去，原来是门外的灯箱被风吹倒了，那姑娘连忙跑出去把灯箱扶了起来。我们接着聊天，小伙子说起了自己，他几年前从外地来到这里打工学厨师，然后认识了他现在女朋友，也就是刚才跑出去扶灯箱的这位姑娘，后来两个人因为志向相同，便一个主内一个主外，一起开了这家小饭店。不过，可能是因为操之过急吧，小伙子在之前并没有练得一手过硬的厨艺，所以，他们这家小饭店的经营并不是很好。为了提高自己的手艺，他时常向顾客们征询意见，并且时常通过一些朋友的关系，到一些酒店的厨房里去学习。说完这些后，他取出了一本烹饪书，坐到另一张桌子上认真地看了起来。

这时，门外的灯箱又让风吹倒了，那姑娘再次跑出去，把灯箱竖了起来。在往店里走来的时候，小伙子用命令的口吻说：“光靠扶是没有用的。捡两块砖头放到灯箱上去。”姑娘闻声后从一边捡了三四块砖头压到灯箱顶上，之后，风虽然继续吹着，然而那灯箱却再也没有翻倒。

在往回走的时候，那姑娘的手机响了，她跑到门口去接了一会儿电话，我无意识地听到她说什么“我也不知道他为什么不同意……好的、好的……我再问问他……”没多久，那姑娘进来了，她说：“我姐姐愿意帮我们把前期投入全垫上，我们去吧。”

“你为什么不理解我的想法呢？我们现在的问题不是你姐姐能帮我们出多少钱的事情……”小伙子说这话时看了我一眼，可能是因为我在场的缘故吧，他有所顾忌地停住了。但是那姑娘却不买我的账，她甚至向我诉起她的苦来。她说他们在这里开了半年的店，一分钱都没有赚到，她的姐姐看他们在这里赚钱那么难赚，就主动要求他们到她姐姐那边的城市去，她愿意出钱帮他们开一个大一些的酒楼，可是，她每一次向小伙子转达姐姐的意思，都被他拒绝了。

我很好奇，为什么要拒绝呢？能有人帮着出资金开一个更大的饭店，难道这不好吗？没多久，那姑娘走进厨房里不知道做点什么活，趁那姑娘不在场，我对那小伙子说出了我的疑问。

“她姐姐肯帮我们，说明她看得起我们，那就足够了。但我现在的生意不好，不是店大店小的问题，而是我的手艺没有学好，自身不过硬，她姐姐怎么扶我都没有用。所以，我时常到别的酒店里学习，也时常向顾客们征询意见，因为顾客的每一个反馈都可能使我的手艺提高。”

正这样说着的时候，他的手机也响了，接起来听了一下之后，小伙子喜形于色地连说了几个“好的”和几个“谢谢”，之后他兴奋地告诉我，通过朋友的介绍，已经得到几个大酒店老板的答应，可以过去学技术了，他说这对他今后的经营是非常关键的。

没多久，我的饭已经吃完了。付了钱走出饭店，再次看见了那只灯箱，十分钟前，它还一再地被风吹倒，但是自从压上那几块砖头以后，它一直那么挺着胸膛站在风里。“靠扶是没用的。”我的耳边突然响起了小伙子说的那句话。对。无论怎么扶，灯箱的重量始终都是一样的，它总会被风吹倒，要想不让风吹倒，唯一的办法就是增加自己的重量——在顶部压上几块砖头。

这时我猛然意识到小伙子为什么要拒绝她女朋友的姐姐，不是他不愿意开更大的店，而是他知道自己现在没有能力开更大的店，所以，他现在最迫在眉睫的就是通过各种渠道好好学习手艺，只有自身过硬了，顾客才能欣赏他烧的每一道菜，生意才能做好做大起来。否则，无论别人怎么帮他，他总是要被市场无情地“吹倒”。

这时，从街对面走过来三个年轻人，看样子是从厂里面过来吃饭的。蓦然间，我意识到我刚才没有对他直说菜肴太咸了是一种错误，我不由地再次返回到店里，轻声对小伙子说：“刚才那道菜，略微太咸了一点。”带着小伙子目光中浮现出来的诧异和感激，再次走出饭店。一辆公交车在我面前的车牌旁停下，我几乎是在刹那间做出了一个断然的决定，从口袋里取出两个硬币，跳上了公交车。

开发区办公大楼在车后渐渐离我远去，车上的站标指示牌使我坚信我并没有犯错，它的终点站是人才市场。

十年之后看自己

我有一位老同学,他在6年前因为一次生意上的失败,不仅赔光了所有的家底,而且他的妻子又变了心,跟别的男人跑了。那段时间,我的这位老同学终日以泪洗面,借酒消愁,甚至割脉自杀过,所幸的是被他的妹妹及时发现了。

后来好几年,我们谁也不知道他去了哪里。

但没有想到,在最近的一次同学会上,我竟然再次和他相聚。多年不见,话题自然多,说着说着,就说起了各自这几年来的生活。他告诉我说,当时他在伤心与悲痛中,确实想到过死,后来也不知为什么,他很突然地在心里问自己:再过个10年,自己会怎么样看待现在所承受的一切?

他开始尝试着想象这件事已经过去了10年,他发现在这样想的时候,心里轻松了许多。他想这10年时间,足以让他创造出更多的财富,甚至收获更美好的爱情。他意识到现在所承受的所有打击,可能在10年以后来看的话,其实都不算什么。

接着他开始振作起来,带着仅有的一万块钱去到广州重新创业,终于一点点地创造出了属于自己的新生活。现在，他在广州经营着一家小公司，而且还在去年重新获得了一份婚姻，并且生育了一个胖宝宝，一家人生活得其乐融融，可谓是事业与家庭双丰收。

老同学对我说这些的时候，我不经意地看见了他手腕上那个曾经在割脉中留下的疤。大概是我眼神的缘故吧，他也不由自主地把那只手腕抬上来，他轻轻抚了几下后，面带羞愧地笑了几声，轻描淡写地说："那时候真傻。"

看着他现在的一举一动，我心里不由得再次回想起他当时的那种表现，成天喝酒，成天哭，任由亲朋好友怎么劝慰都没用，甚至还要割腕自杀。是什么让他变了样？是时间吗？好像是，但又不全是。我想可能就是他那种"10年之后"的眼光吧，如果不是因为他当初用这种眼光来看自己，或者他永远都无法意识到这一切"其实都不算什么"，也就是说，最大的可能是他将一再地颓废下去，一再地对生活丧失斗志，即使第一次割腕被抢救起来，但谁也不能保证第二次割腕将在什么时候发生。

我的老同学，他用一种10年之后的眼光挽救了自己。

其实在许多时候，人们都会有这样的意识：当时可能觉得非常大的事情，在几年之后说起来，可能只是一件用一两句玩笑便可轻易带过的事情。所以，假如我们正承受着打击，正面临着失败，正罹受着痛苦，不妨跑到10年之后去看看眼下的自己，那些打击真的有那么沉痛吗？那些失败真有那么可怕吗？那些痛苦真有那么深重吗？

跑到10年之后看自己，面对失败，我们能从中获得更多的勇气和力量；面对荣耀，我们能多一份淡定与坦然。

只是你自己

麦哲伦出生在葡萄牙北部的一个贵族家庭里，虽然他就读于全国最好的学校，但他似乎天生对地理特别感兴趣，要知道，在当时的教学中并没有多少关于地理的知识。

正因为这样，很多人说麦哲伦是一位天才，将来肯定会有大作为，而与此同时也有不少人说他是一个成天幻想的笨蛋，一辈子也不会有多大出息。到底该不该继续保持自己的爱好？麦哲伦困惑极了，有一次，他向一位很有名的智者诉说了自己的苦恼后问：“依您看来，我究竟是天才还是笨蛋？”

智者没有直接回答什么，而是拿起三个瓶子递给麦哲伦，然后带着他来到了街上。当他们从一个小湖泊边走过的时候，智者问麦哲伦：“那里面是什么？”

“湖水。”麦哲伦回答说。

智者点点头后拿出一个瓶子，叫麦哲伦去湖里打来了一瓶水。当然，麦哲伦没有为此而付出一分钱。

智者又继续带着麦哲伦往前走，不久，来到一个茶馆门口，智者问麦哲伦说：“那里面是什么？”

“茶。”麦哲伦回答说。

智者点点头，又拿出一只瓶子，叫麦哲伦进去打来了一瓶茶。这次，麦哲伦花掉了三个埃斯库多币。

他们又继续往前走，不久来到一家酿酒店门口，智者问他：“那里面是什么？”

“酒。”麦哲伦回答说。

智者又是点点头，拿出一只瓶子叫他进去打来了一瓶酒。这一次，麦哲伦花掉了八个埃斯库多币。

接着，智者让麦哲伦把三个瓶子都放在地上后说：“这三个瓶子里面装着什么？”

“那还用问吗？一个装着湖水，一个装着茶，还有一个装着酒。”麦哲伦回答。

“但事实上，他们都是水。只是，你打湖水没有花去一分钱，买茶却花了三个埃斯库多币，而买酒更是花掉了八个埃斯库多币。”智者停顿了一下，接着说：“人也是一样，有人会将你抬得很高，但也有人把你贬得很低，而你永远只是你自己。假如你是水，关键不在于别人认为你是什么，而在于你认为自己究竟是湖水还是茶水或者是酒水。”

麦哲伦这时才悟到“知人者明，知己者智”的道理：能正确看待别人，只能算是一个明白事理的人，而只有能够正确看待自己，才算是一个真正智慧的人。

从此，麦哲伦抛开困惑致力于地理研究，最终成了一个伟大的地理学家和航海家，并于1520年在大西洋中发现了火地岛以及由他自己名字命名的麦哲伦海峡。

·智慧的推动力

19世纪初，一支坦噶尼克军队奉命去收复被侵占的土地，他们在穿越乞力马扎罗山脉时，被一条足有300米宽的大河挡住了去路。最要命的是，河水湍急得简直就像是奔腾的马群，它的冲击力实在太大了，别说人无法游渡，就连船也根本无法前行。

怎样才能过河？这时一位军官想出一个办法，他下令打造了一条比河面宽度更长一些的钢丝绳，把一头固定在河的这端后，又命令几位士兵牵着另一头从上游漂流下来，很成功地将钢丝绳的另一端送到了对岸并且固定了起来。

之后，军官又命人在横跨于河面的钢丝绳上悬挂起几个移动滑轮，在滑轮下面用一段钢丝绳系住河里的木船，然后用一个长柄旗状舵板连接于木船的尾部，让人无法置信的事情发生了——在不用任何人力和机械动力的情况下，军队的船只像魔术般神奇地到达了对岸。

那么，究竟是什么力量在推动船只前行呢？其实那就是河水的冲击力。这位军官将水的冲击力转化为船只行驶的推动力，他非常巧妙地运用了合力与分力以及力矩平衡等物理学概念，就像在海上行驶的帆船一样，能够利用侧向的风力推动船只前进。在海上，船帆的帆面与风向会构成一个倾角，从而使风力在帆面上获得一个垂直的正压分力，这种正压分力又分解成了一个垂直于风向的作用力和另一个平行于风向的作用力，而这两种力分别就是船只前进的驱动力和使船只脱离航线的无用力，通过船只侧向运动和转变舵向来消除其影响。

这位军官就是把河水的冲击力当成风力，而把船帆当成船只的本身，从中分解出的垂直水流向的作用力就成了木船的推动力，而那种平行于水流的无用力，则通过木船和钢丝绳的拴系点传到滑轮作用的钢丝绳上，同时用船尾那块旗状舵板悬出船侧长短所形成的力臂来控制转动力矩，从而使木船同水流方向构成一个能保持船只行驶的最佳倾角，获得源源不断的前行推动力。

坦噶尼克军队过河之后，这套能让船只来去的简易设备就一直留在原地，用它独有的方式服务着当地居民。19世纪末，比利时地理学家温地美伦曾来到这里，他在目睹了船只的来去情形后，惊叹无比地说："推动船只前行的力量，其实并不是来自河水的冲击力，而是来自智慧。"

时刻带着你的鱼篓

张音娉是一个非常快乐而甜美的女孩子，大学毕业后，她来到美国从事市场营销工作。

随着见识的增广，张音娉渐渐对这种单纯的市场营销工作失去了热情，她开始在心里开始渴望能涉足国际期货市场。但是，张音娉对此了解得并不多，要想涉足人才济济的国际期货市场，简直是一件不太可能的事情。

有一次，张间娉在结束了一天的工作回到住所后，像往常一样拿起书来打发时间，她从书上看到了这样一个不起眼的小故事：“一位特别想吃鱼的贫穷老人，既没有钱买鱼，又没有足够的体力去捕鱼，让人奇怪的是，他每天清晨去河边散步时都会带上一只鱼篓，尽管所有人都笑他太愚蠢了，但他还是一直保持着这个习惯。终于有一天，他像往常一样去河边散步，发现河边竟然有几条大鱼搁浅了，原来在前一天夜里，上游突然截水，于是河面的水位迅速下降，有三条大鱼搁浅在了一个浅滩里，于是老人就用这只在别人看来完全是多余的鱼篓，把那三条鱼带了回来。”

看了这则故事以后，张音娉明白了一个道理，要想捡到鱼，必须要时时刻刻都带着鱼篓，哪怕是在散步的时候。

从那以后，张音娉就开始买了大量关于国际期货市场的书籍，见缝插针地利用时间学习了起来。世上无难事，只怕有心人。转眼两年过去，在这两年时间里，她在勤奋的学习中掌握了丰富的国际期货市场的知识。

2003年，张音娉在无意中看到了当时任荷兰银行国际期货市场总裁扎尔瓦罗先生的一则招聘启事，扎尔瓦罗先生正在寻找一位行政助理。抱着试试看的心态，张音娉从曼哈顿来到了纽约参加了面试。非常幸运的是，张音娉被选中了。

成为扎尔瓦罗先生的行政助理后，张音娉又逐渐意识到，如果不想一辈子做这份工作，就需要拥有其他技能，于是她又开始利用业余时间，考取了在金融行业工作必须持有的执照与证书。也正是因为有了这些资本，加上她跟随扎尔瓦罗先生后的努力工作，从行政助理开始一直做到了现在美国纽约期交所亚洲部总监，成为一位在华尔街屈指可数的华裔成功女性。

有不少人认为张音娉的成功是因为遇到了扎尔瓦罗先生，对此，张音娉曾笑说过这样一句话：“能碰见鱼固然重要，但更重要的是一个人是不是时刻都带着他的鱼篓。”

不错，鱼只属于时刻带着鱼篓的人，而机会，也永远只属于时刻做好准备的人。

我不懂，我可以学

在位于纽约华尔街的多伦多投资银行里，正进行着一场招聘面试会。

挑剔的考官对应试者出了许多他们根本没有学习过的知识，不少应试者纷纷沮丧甚至是愤怒地离开了。

这时，进来一位名叫高梅的中国女孩，她在加拿大读完了研究生并攻读下了博士学位。可在面试中，考官的许多刁钻问题令她根本无法回答，但她没有像前面一些应试者一样根据自己的合理想象来猜测答案或者起身离去，而是很诚恳地摇摇头说："不知道。"

正在考官准备说结束的时候，高梅站了起来，又是满怀诚恳而坚定地说："我现在不知道，但我可以学。"

"你可以学？"考官用怀疑的眼神看了看她后，又叫了两个职员过来，他们相隔得很远，用手比画着跟对方说了一分钟的话，然后考官问她："你知道他们在说什么吗？你能够学吗？"

结果不难想象，高梅既听不懂也看不明白他们究竟在说什么，根本无从学起。这时，考官告诉她那种"手语"其实并不是"哑语"，而是在华尔街极为普遍的"工作手语"，那里面时常包含着一些特定的专业含义。对于刚从学校里出来的高梅来说，那显然是太陌生了。高梅再次用极其诚恳而坚定的态度说："我可以学。"

面试在没有任何结果的情况下结束了，但没想到一个星期后，高梅接到了多伦多投资银行打来的电话，她被聘用了。高梅那种敢于说"不知道"和"可以学"的勇气和态度打动了加拿大多伦多投资银行，最终被聘请为衍生交易项目的分析师。

进入多伦多投资银行工作后，高梅发现新人根本没有请教别人的环境，一切都要靠自己。证券交易是一个紧张运转的沙场，几乎所有交易人员都隔着老远用手比画着跟对方说话，那些就是他们自己的专业手语，外人根本看不懂。刚开始，高梅只有硬着头皮自己学，她站在同行旁边，观察他们说的每个字、每个动作，然后把二者结合在一起，再配合当时的交易场景，分析揣测他们那些手语的内容，往往一个动作会猜上好几次才知道真正含义。

就在这种勇于说出"不知道"和"我可以学"的信念当中，她一点点地融入新环境。到现在，高梅已经成长为在纽约掌管着17亿美元资产的著名金融公司的合伙人与投资组合总监，创造出了许多不凡的业绩。在2009年的"华尔街十大中国女强人"中，高梅榜上有名。

长期以来，我们一直把"知之为知之，不知为不知"作为一种可贵的美德，但从高梅的身上，我们发现在今天这个社会，仅有这种美德还不够，在承认自己"不知"的同时，还必须要有一种"我可以学"的坚定信念，否则光有美德而不求上进，也是不可取的。

只需努力做好眼前的事

她出生于北京，于1996年在达特茅斯大学取得经济学学士学位，同年加入摩根斯坦利纽约总部从事美国及跨国的收购兼并工作，之后加盟凤凰卫视成为财经节目主持人。她就是继吴小莉、陈鲁豫之后，又一个将凤凰卫视掀起新时代的财经美女主持曾子墨！

1991年，曾子墨从中国人民大学考到美国东部长春藤盟校之一达特茅斯大学经济系，而报考这所学校的原因仅仅是“家人喜欢”。在美国，那种根深蒂固的白人文化，让从小没有离开过家的曾子墨觉得孤独、迷茫和无所适从，而就在这种困惑中，她几乎忘记了读书究竟是为什么，只是很机械地把所有精力都用在学习上。

长期的努力使她的成绩十分突出，数学更是稳居全校第一。快毕业的时候，许多银行来学校选人，曾子墨也想象着能在华尔街拥有一份不错的工作。可在写简历时，曾子墨却觉得好像怎么写都无法比上那些刻意抬高自己的同学们。最后，她几乎是在一种放弃的心态中，写下了“一个中国女孩独闯美国，从最初连ATM机都不会使，到克服所有的困难成功完成学业”的故事，然而让她意想不到的是，这个故事让摩根斯坦利的人看到了她的毅力和智慧以及她那良好的成绩和超强的适应能力。最终，曾子墨被摩根斯坦利聘请了。

在加入摩根斯坦利后的整整一年里，子墨休息的时间加起来不到三天。她的时间几乎都在办公室里度过，甚至有意把住所安排在离公司很近的地方，通宵工作之后回家洗个澡换身衣服，然后继续回去上班。经常是同一时间进行着四五个项目，正所谓“能者多劳”，她不停地被分派项目。一年后，她甚至完成了BP和美国阿莫科石油公司的合并项目，那是全世界最大的五个合并项目之一。

在这种忙碌的工作中，她从来没有想过将来该怎么样，但是却慢慢觉得自己累了。恋家的曾子墨申请调到香港的摩根斯坦利分公司。在总部的两年富有激情的打拼为她创造出了宝贵的经验财富，在性格和素质方面都有了很大程度的提升。一年之后，她凭着出色的工作表现被提升为经理。在短短一年中就在分公司任上的经理，所有人都为她的成绩而祝贺，然而，随性的曾子墨却开始厌倦那种永远在路上和飞机上以及酒店里的工作。

自己正从事着一份让许多人羡慕的工作，最主要的是她在那份工作里创造出了同样让人羡慕甚至是嫉妒的成就，可是，她却开始厌倦那份工作了。那段时间，正是香港凤凰卫视的上市时期，曾子墨放弃了原来的工作，毅然加盟到了凤凰卫视里，有不少人为她觉得惋惜，可她却认为别人觉得再好的东西，如果自己不喜欢就没有必要继续做下去。

不久之后，曾子墨摇身一变，坐上了凤凰卫视的财经主播席，开始打造《财经点对点》栏目，财经专业的背景再加上坚持不懈的努力，她的《财经点对点》渐渐赢得了无数财经人士的青睐。在2001年的香港“财富全球论坛”中，曾子墨三天内总共采访了八位大企业和财团的领袖，并参与制作专题节目《复关入世十五年》。2002年，她又采访了《亚洲开发银行35届理事会年会》和“两会”，由她参与拍摄的纪录片《我们在朝鲜的日子》更获得观众一致好评，她的专业财经知识及高度良知责任感，令她在多届中国电视节目榜中赢得“最佳财经类节目主持人”的荣誉。

曾子墨一步步地走向人生的新高度，但她却从来没有为自己的人生做过什么特别的规划，她的最大特点就是用最大的努力做好眼前的事情，然后用最随意的心态对待人生的走向。

“通往成功的路不止一条，与其是做各种各样的人生规划，倒不如埋头做好眼前的事，随性对待人生的走向。只要努力做好眼前的事，往哪儿走都能创造出价值。”曾子墨这样评价自己走过的路程。

不做最长的锯齿

我读小学的时候，成绩一直是班里最好的。

有一次，学校里评比先进班级，有不少老师坐在教室后面听课。那次课堂上，我十分积极地举手回答问题，我以为我这么积极主动地举手一定更加容易使我们班评上名次，但遗憾的是结果并不如我所想的，我们班什么也没有被评上。

第二个学期，学校里又举办这样一次活动，我的老师把我叫到一边悄悄对我说："我知道你的学习是最棒的，但是你不要太多次举手，或者以后在举手前先停几秒钟。"

在那一堂课上，我没有抢着举太多次手，但是最后，我们班里却被评上了第一名。

经过这两次，我意识到班级能不能评上名次和我的表现有些牵扯，但是让人想不明白的是为什么我的表现好反而是在拖累班级，而我有意地压制一下，却反而让班级评上了名次。

这件事情虽然过去了许多年，但却一直让我觉得很纳闷。

前不久，我去一个家具厂办事，里面有一位师傅正在检查一些机器上用的圆形锯子，边检查边时不时地用锉刀锉几下。我好奇地问他在锉什么，那位师傅告诉我说，锯子在使用时会变钝，所以要经常开锋，而在一次又一次的开锋过程中，锯齿的长短会产生一些变化。他现在挫的就是那些最长的锯齿，否则这把锯子就报废了。

为了让我更明白，他拿出了两把圆锯分别装到机器上，其中的一把上有两个特别长的锯齿。当他在那台锯齿均匀的机器上锯木头时，声音平稳速度也很快，而当在那台锯齿长短不一的机器上锯木头时，不仅会发出很刺耳的声音，而且还会使他手中的木头发出强烈的抖动，甚至有好几次被木头卡牢无法转动。每次被卡牢，木工师傅就会赶紧关掉电源，否则电动机都可能被烧坏。

而造成这一切的，就是这把锯子上那两个特别长的锯齿。

“要顺利锯断一块木头，必须是每一个锯齿相互合作，你一点我一点，每一个锯齿都能出到力，那一两个最长的锯齿，看上去是最显眼的，但实际上正是它们打乱了那种协作关系，以致整把锯子都失去了力量。”木工师傅很耐心地对我说。

这一番话让我突然间顿悟，当初我频频抢先举手回答问题，让那些听课的老师认为“这个班里只有这个学生是好的”，而在我不抢着举手之后，其他的同学则有了更多的举手和发言机会，这样一来，听课的老师则认为“这个班级的所有学生都非常不错”。

当初的那个我，正是眼前这把圆锯上那个最长的锯齿。

著名管理大师兼企业家余世维曾这样说：“我的团队里没有哪个员工是最优秀的，因为通常那些好的员工会把多出来的那部分能力用来帮助别人，使团队的整体素质不断得到提高。所以我没有哪一个特别优秀的员工，但却有一个特别优秀的团队。”

不做最长的锯齿，不是指要刻意埋没自己才华或刻意掩饰自己的能力，而是在整个集体或团队的运作中，要注意相互协作，尽量避免整个集体的力量因你的个人英雄主义而被减弱。

有魔法的种子

族人们沉默了好一阵之后，终于恍然大悟了，原来这个世界上根本就不存在什么魔法种子，那只是老族长编造的一个“谎言”，但仔细想想，老族长其实也没有说假话，因为所有人都在这一刹那间意识到：从种下这些魔法种子到现在，心中已经再次充满了友好互助、和睦相处的精神，而这种精神，远比任何一种宝石都更值得珍惜。

绝境里的生机

“二战”期间，德国纳粹用战火入侵了扎巴克的故乡，一个贫穷的波兰南部小镇，肆意烧杀当地的犹太人，无数难民流离失所，到处都是瘦骨嶙峋的难民和饥饿至死的尸体。

扎巴克是一位刚刚娶妻生子的犹太商人，为了年迈的母亲和他的妻儿，他不得不冒险天天外出经商。很不幸，扎巴克在一次回家的路上被纳粹士兵抓走了，因为他用带着厌恶的神色多看了他们一眼。

扎巴克被送进了一个负责在丛林中修筑铁路的集中营，来到这里后，扎巴克心里无法放下留在家中的母亲和妻儿，每时每刻都在想必须要尽早离开这里，他想到了逃跑。于是扎巴克向一些来得更早些的同室伙伴请教，但同室的伙伴们只是嘲笑他想法太天真：“来到这个地方的人，从来就没有能够活着出去的。”

丛林里到处都是硕大无比而且带着病菌的蚊虫，成天肆虐地叮咬着每个难友，疾病、饥饿以及超负荷的劳动量，使这些难友们一个接一个地死去。每次有人一死，纳粹士兵就会叫几位同囚室的人把尸体上的衣服脱下来，以便留着让别人继续穿，然后把尸体抬到丛林里一个专门用来堆尸体的深坑里。

那个深坑里，已经横七竖八地堆放着数百具尸体了。对于囚犯们来说，这里简直就是一个地狱，象征着绝望与死亡的地狱。难友们告诉扎巴克，这里的每个人都不可能好好地活着出去，唯一的归宿就是这个深坑。

有一次，扎巴克所在的那个囚室里也有两个人死去了。德国士兵就命令四个人把那两具尸体抬上汽车，恰好扎巴克也是其中之一，纳粹士兵载着他们来到那个深坑旁边，让他们把那两具尸体扔进那个深坑里。

“你看见了吗？这就是我们的最终结果。”那位曾经嘲笑过扎巴克的人用无比悲哀和绝望的语气告诉他，“你还是老老实实地干活吧。那样也许可以多活几天。”

回到囚室后，躺在竹床上的扎巴克再次想到了家中的老母妻儿，那仿佛是他心中的一团火，能给他一切勇气和力量，扎巴克心想自己无论如何一定要尽早地活着出去，但是出路在哪儿呢？扎巴克想到了那个堆尸体的深坑，那个几乎只能给人以绝望的地狱。忽然间，他心中萌出一个主意……

不久后的一次，机会来了。那次他们来到了离那个深坑不远的地方干活，扎巴克趁着黄昏收工时刻，爬进了那个堆尸体的深坑，然后脱光了身上的衣服钻进那些尸体的下面，完全不顾刺鼻的恶臭和蚊虫的叮咬，一动不动地装死，那些来寻找他的纳粹士兵在附近找了好久，却总是没有来到这里。直到深夜，扎巴克确信无人，才从深坑里爬出来，穿上衣服一口气跑了70公里，终于回到了家中。

而那座集中营，不久后遭受到了一场病疫的侵袭，所有的士兵和囚犯都在几天内相继死去，只有扎巴克因为成功地逃离而幸免了这场灾难，他成了这座集中营里的唯一幸存者。

后来，扎巴克这样告诉人们："世上没有绝对的绝望，有时候，绝境的本身包含着生机，关键在于你自己是否选择了一种积极的态度。"

迪拜塔的基座

哈里发大楼(又称“迪拜塔”)的建成为人类的建筑史展开了全新的一页，它的开发商是阿联酋国有地产公司，最初，开发商计划超过高度为508米的台北101大厦便可以，因此它的设计者——美国SOM建筑公司在当时针对的设计对象的高度仅为560米哈里发大楼。

然而等开工以后，又因为预定户的不断增加，开发商提出要将大楼增高，于是SOM建筑公司又重新设计，把高度提升到650米。随后又因为种种原因追加到705米，再后来，甚至有媒体传出哈里发大楼的高度可能是818米。

据哈里发大楼的结构工程师透露，在开工以后，开发商还在频频要求增加高度，设计公司甚至连开发商自己也不知道到底需要建多高，就这样一直到了2001年1月4日晚的哈里发大楼的启用典礼上，开发商这才对外宣布了楼高的最后准确数据——828米。

哈里发大楼的不断“增高”，引发了世界各地的建筑师和设计师们的质疑：在开工时的目标仅仅是“超过台北101大厦”，高度是560米，也就是说当时建设好的地基只适合于建造560米高的大楼，每增加一层都会给大楼的整体安全带来无限威胁的可能性，但为什么开发商却似乎毫无节制般地从560米一直增高到了828米呢？即便是开发商缺少相关知识，但设计师和建筑师应该懂得这个道理，他们为什么不阻止呢？

对此，负责设计和施工的美国SOM建筑公司和韩国三星物产回应说："这丝毫不值得奇怪，哪怕再增高两百米，也绝不会有任何问题。"

据美国SOM建筑公司一位发言人透露，他们在为最初高506米的迪拜塔做设计时，就特别设计了一个3.7米厚的三角形结构基座，由192根直径为1.5米的钢管桩支持，而这些钢管桩则深入地下50米。这只基座可以轻松承载100万吨以上的重量。而在最初，哈里发大楼的重量仅为30多万吨，哪怕是上升到最后828米的高度，它那50万吨的重量也不到该基座最大承载量的一半。

尽管光这个基座就要花去很大一部分的高额费用，但开发商对此无比支持，他们表示"没有任何一件事情能比确保大楼的安全更为重要。"也正因此，在建筑过程中，尽管开发商频频提出增加高度，但因为有了那只基座，怎么增高都没有任何问题。不仅如此，这只基座还使竣工后的哈里发大楼能够经受得住里氏6级的地震（迪拜属于少地震地区），还能在每秒60米的大风中保持稳定，在高楼中办公的人完全不会感觉到大风能对大楼有任何影响。

"这种效果简直就像是一个雪茄盒摆在一本平放着的《圣经》上一样可靠。"在哈里发大楼启用发布会上，SOM建筑公司的发言人自豪地说，"我们为此而设计的基座，哪怕再增加一幢这样的高楼也没有问题。"

所有心生疑虑的人到这时终于知道，是这只超级稳固的基座，为哈里发大楼的随意增高创造了必备和有利的条件。

有人说这很能给人以某些人生感悟，人生的确需要一些感悟，但要感悟人生就必须得先保住生命，想想在过去一年中，国内屡屡出现的什么“楼歪歪”，甚至是13层的“楼倒倒”等等怪异事件，其实不难发现，最因引起“感悟”的并不是人生。

·用画笔撬开自闭的门

斯蒂芬·威尔特谢尔在1974年生于英国伦敦,从小就不愿和其他人交流,甚至不愿意和别人有眼神上的接触。在他很小的时候,医生就诊断出他患有先天性自闭症。

斯蒂芬5岁时,他的母亲把他送到了一所名叫昆士米尔的特殊学校中就读,邻居们对他母亲的做法表示非常不理解,他们认为斯蒂芬只适合待在家里,不能离开大人的监护,更不能出远门。

邻居们的担忧并不多余,斯蒂芬来到学校后,只对摆在面前的笔和纸有兴趣,他喜欢用它们来画画,画自己所能看见的一切:动物、伦敦公交车、建筑和城市风景等等。

斯蒂芬画画有个让人觉得不可思议的特点:不需要任何参照物,凭着记忆就能把所看到过的一切画下来。这让老师和同学们无比感兴趣,他们争相传看斯蒂芬的每一幅画作,年幼的斯蒂芬开始隐隐觉得绘画是自己与外界交流的一种途径。

这样过了好几年,斯蒂芬始终没有讲过一句话,所有人都怀疑他是一个哑巴。然而就在他8岁那年,一次,斯蒂芬在和老师同学们郊游后回到学校时，面对空空的课桌，把眼睛看向了老师，接着，斯蒂芬用微弱的声音打破了陪伴他 8 年的沉默："纸。"

老师有些不相信地犹豫了一下，这时斯蒂芬用略微响亮一点的声音接着说："老师，请给我纸和笔，我想要画画。"老师无比惊讶地给了他纸和笔，然而，让老师更加意想不到的是，眼前这位患有自闭症的孩子拥有着惊人的记忆能力——他仅凭记忆就把郊游所看见的景色几乎一模一样地画了出来。

不久后，斯蒂芬又成功画出了索尔兹伯里大教堂，他的老师惊讶万分地把这幅画送到了当地一家电视台，把这幅出自一位自闭症少年之手的画作搬上了节目，竟然被人以高价买走。这意味着，绘画不仅成为斯蒂芬与别人沟通的方式，而且是他具备独立生活能力的一种体现。

渐渐地，斯蒂芬通过绘画跨越了那种沉静的交流方式，他开始喜欢上一切有声的交流，他爱听音乐，喜欢购物，在去餐馆的时候，他甚至常常会提出一些诸如加辣或者加温的要求。与此同时，不间断绘画的斯蒂芬以惊人的绘画天分，吸引了科学家和媒体的关注。

几年后，英国一家科学机构请斯蒂芬乘坐一架直升机在伦敦上空飞行了 10 分钟，当他返回地面后，立即凭记忆绘出了 4 平方英里范围内的伦敦市区俯瞰图，包括 12 座著名的历史建筑和另外 200 座建筑，斯蒂芬的"伦敦风景画"就像是照相机拍下来一样全面和精确。这使英国皇家艺术院前院长休·卡森惊诧万分，他兴奋地将斯蒂芬形容成"人体照相机"。之后，斯蒂芬创作出了更加多的画作，如东京、罗马、中国香港、马德里、法兰克福和耶路撒冷等地的全景图，他的画作频频受到世界各地画展的邀请，因此而获得了世界性的声名。

2006 年 1 月，英国女王伊丽莎白二世为斯蒂芬授予了"英帝国勋章”，并为他在伦敦皇家歌剧院拱廊地区创办了一家永久性画廊，他的画作最高价值曾卖到了三万英镑。

2009年底，在美国哥伦比亚广播公司的邀请下，斯蒂芬来到纽约，电视台的直升机带着他在纽约市上空飞行了20分钟，斯蒂芬则通过窗户朝下俯瞰整个纽约市的城市风景。在之后的5天里，斯蒂芬凭借记忆将面积305平方英里的纽约全景精确绘制到了一张6米长的画布上：自由女神、帝国大厦、蜿蜒流过的哈德逊河、艾利斯岛以及好几座著名的大桥和连接纽约皇后区与布鲁克林区的几座大桥等等，其精确程度让美国艺术专家们目瞪口呆，这幅纽约全景图就像是用照相机拍下后又经过艺术处理的照片一样——画卷上绘出了成百上千座高楼大厦，而画中高楼大厦的位置、形状、高矮比例几乎都与现实生活中的一模一样，甚至就连有几个窗户这样的细节也毫无二致。

这幅画作用掉了斯蒂芬的18支铅笔和6支钢笔，一完成就吸引起了大量的记者和游人，斯蒂芬也和参观者们站在一起观看这幅画。一位美国记者好奇地问斯蒂芬从自己的画中看出些什么，斯蒂芬幽默而真诚地说：“我从画中看见一个英俊的、快乐的年轻男子。”

求助是一种力量

那是在我六岁的时候，父亲带着我去海边的沙滩上野炊。

我们一起捡了许多被海浪冲到沙滩上来的小虾和贝壳后，父亲坐在有两块大石头的地方开始清洗那些小虾和贝壳，清洗完毕后就可以搭灶生火了。

搭灶最起码需要三块大石头，很明显这里的两块还不够，父亲朝离此十多米远处的一块岩石指了指说："去把它搬过来。"

我奉命前去，那块石头看上去不大，但是它近一半陷在沙子里，所以重量远远超出了从视觉上的估计。我用尽全力想搬动它，可是只能搬浮一点点，然后因为力气不够而松开手，无奈地眼看着它重新陷回坑里。

我努力了很久，但是每次都以失败告终。父亲走到我身边问："为什么不用尽全力？"

我说我已经用尽全力了，但是我依旧搬不动它。我边说边继续努力地尝试着想挪移那块石头，并以此证明给父亲看，他对我的怀疑是错误的。

“不，你没有尽全力。如果你尽全力了，你应该想到向我求助，我相信凭我们两个人的力量，足以将这块石头搬移过去。”父亲说完后就走了过来，和我一起把那块石头抬到了锅旁边。尽管父亲的双手捧在那块石头的中间，而且尽量弯下身躯，使我的双手也足以够上。

放下石头后，父亲拍了拍手上的沙尘说：“你要记住，你的全力并不仅仅是指你自己一双手臂上的所有力量，它还指你的脑力，甚至是求助于别人。”父亲说。

“可是，别人的力量是从别人身上发出来的，又怎能算是我的力量呢？”我不解地问。

“你说得很对。但是当你在面对一项你无法凭一己之力做到的事情时，求助便也是一种属于你的力量，因为那能使你把那件你原本无法做到的事情做成功。”父亲说。

几十年过去了，父亲的话至今仍清晰地存留在我的记忆里，并一直对我的人生之路产生着至关重要的影响。

很多次，当我与别人分享父亲的这番话时，很多人都认为父亲是在提倡一种并不可取的、依赖他人的性格。其实，那是因为他们没有真正理解父亲那句话中最关键的一点：先尽自己的全部能力，只有在一己之力无法做到的时候，求助才算是一种真正属于我们的力量。

努力从来不会白费

爱因斯坦大学毕业后，在将近一年多的时间里都没有找到一份哪怕是仅供糊口的工作。想想自己已经成年，而年迈的父亲却还在为他的生计而奔波劳累，爱因斯坦几乎绝望了。

有一次，爱因斯坦无意中在一册杂志上看到一则介绍德国伟大化学家奥斯特瓦尔德的文章，文章中把奥斯特瓦尔德称作是“科学伯乐”，因为他曾无数次发现并培养了许多科学人才。

爱因斯坦想向奥斯特瓦尔德自荐，于是他写了一封信给奥斯特瓦尔德，希望能在奥斯特瓦尔德身边谋得一份工作。但信寄出去后，过了好久都没有收到奥斯特瓦尔德的回音。爱因斯坦怀疑信件会不会在途中被邮局弄丢了，所以，他在几天后给奥斯特瓦尔德寄了第二封自荐信，但与上封信一样也是石沉大海、毫无音信。

“这究竟是怎么了？难道是地址有误吗？”爱因斯坦困惑极了，他再次详细地对照了奥斯特瓦尔德的实验室地址，发现自己并没有写错，“就算是地址有误，邮局也会把信件退回来，这究竟是怎么了？”

爱因斯坦心想可能是奥斯特瓦尔德忙于工作，一时没空拆信而搁在哪个角落里忘记了吧。于是爱因斯坦给奥斯特瓦尔德写了第三封信，这次他用了一张明信片，他心想，这样奥斯特瓦尔德总应该可以顺利看见这封信的内容了。

让爱因斯坦意想不到的是，这封明信片寄出去一个月后，依旧没有收到奥斯特瓦尔德的回信。

“奥斯特瓦尔德一定是太忙碌了。我必须为他节约更多的回信时间。”爱因斯坦心想。几天后，爱因斯坦又拿笔写起了第四封信。这次，他不仅是再次采用明信片，而且还在明信片的反面，捎带上一个写着爱因斯坦自己地址的回信信封。

爱因斯坦的父亲看见这情形，心疼地对他说：“我看还是算了吧，不要再做这种无谓的努力了，可能奥斯特瓦尔德并不认为你是一个值得培养的人才。”

“不，父亲。我的努力不一定会给我带来满意的结果，但如果不努力，却代表着绝对不会拥有满意的结果。”爱因斯坦说。

这连回信用的信封都捎上的第四封信寄出去以后，爱因斯坦满怀信心地足足等了一个多月，但是很遗憾，他同样没有收到任何回信，更不用说奥斯特瓦尔德能为他送上什么鼓励和帮助了。

就这样过了大半年，爱因斯坦刚准备写第五封求职信。那天的一个清晨，在没有任何心理准备的情况下，邮递员敲开了他的家门，爱因斯坦收到了一封来自瑞士伯尔尼专利局的来信，邀请爱因斯坦就职于一个专门审查各种新发明的技术职位，并且希望爱因斯坦能接受。

奥斯特瓦尔德与瑞士伯尔尼专利局并无任何瓜葛，为什么向奥斯特瓦尔德写信，却收到了瑞士伯尔尼专利局的邀请？爱因斯坦困惑了。

原来，在爱因斯坦寄出第一封信的前几天，奥斯特瓦尔德已经搬移了实验室，而爱因斯坦寄去的所有信件，都被塞进了实验室外那只已成摆设的邮箱里。奥斯特瓦尔德在这个实验室工作的时候，有一位年轻的助手，他在奥斯特瓦尔德搬移实验室之后就去了瑞士伯尔尼专利局工作。有一次，那位年轻助手在途经昔日工作过的实验室门口时，无意识地在那座空房子门口来回走了走，而正因此，爱因斯坦的所有信件才得以让人发现。更加让人无法置信的是，奥斯特瓦尔德的那位年轻助手，就是爱因斯坦的大学同学和朋友——格罗斯曼。

对于爱因斯坦的才华，格罗斯曼是绝对地了解。凭着这些信件，他向自己所在的专利局推荐了爱因斯坦，恰好当时专利局设立了一个专门审查各种新发明的技术职位，于是专利局迅速向爱因斯坦发来了邀请函。就这样，爱因斯坦终于凭着在那四封自荐信，成功摆脱了待业的阴影。

爱因斯坦在之后的一生中，只要提起此事就不忘对格罗斯曼表示感谢，但同时他也会顺便说一句：“努力从来不会白费，只要坚持，哪怕无法在这个枝头开花，但却能够在另一处叶下结出果实。”

有魔法的种子

一个清晨，老族长早早地起床，在门外的小坡上享受着清新的空气。两位带着农具走往农场的族人从这里走过，几乎同时问候老族长。

“你们早，我为你们的勤劳而感到骄傲。”老族长微笑着回应，但是心里却开心不起来：这两位族人虽然同时向他表示问候，可相互之间却形同陌路，连看都没有看对方一眼。实际上不仅他们两个人，而是整个族里的人都是这样。

那是有原因的。上个月初的一天，因为一次农场的灌溉，族人们相互间发生了激烈的争吵，甚至还开始了打斗。尽管最后被老族长及时赶到给制止了，但从那以后，除了老族长外，族人们再也不愿意搭理任何人。一时间，族人们相互间都表现得漠不关心，以往那种友爱互助、和睦相处的生活气氛彻底消失了。

老族长为此而伤心不已，但他无能为力。他之前已经尝试过许多方法，希望使族人们恢复以往的那种生活氛围，但是毫无收效。

几天以后，老族长收到了一位朋友的来信，他的朋友在信中说他发现了一些神奇的种子，种在花盆里只需一周就会长出一颗颗的宝石，就像是有魔法一般。老族长便想要去看个究竟，并且希望能趁这个机会讨要一些种子回来。

老族长离开后，所有的族人们都翘首以盼地等待着他早日归来，大家都想一睹那些魔法种子的真容，看看它长出来的宝石究竟是怎么样的。

终于，十几天以后，老族长那疲惫的身影出现在了族外的山路上，族人们纷纷跑去迎接。

老族长兴奋地说："简直是太让人难以置信了，那些魔法种子果然能长出一颗又一颗的宝石。幸运的是，我的朋友把最后的一批魔法种子送给了我。"

所有的族人们都为老族长带回来的魔法种子而欢呼鼓舞，他们簇拥着老族长回到族里。老族长从肩上取下一只小背包，里面用一张牛皮纸包着那些魔法种子，族长小心翼翼地拆开后，说："这里一共有43颗，刚好每户族人分到一颗。"

老族长依次把这些魔法种子分到了族人们手里，又特别嘱咐说："我的朋友告诉我，这些种子必须要种到花盆里，然后遮上一层厚厚的黑布，它不需要太阳的光，但是需要另一种阳光——笑脸。见到陌生人的笑脸越多，它能长出的宝石就越多越大。不出意料的话，一个星期就足以长出一颗又一颗的大宝石来。"

族人们开心地把种子拿回家中，按照老族长所交代的方法种了起来。只要一有时间，族人们就会把盖在花盘上的那块黑布揭开一角，然后微笑着朝里面看看。两天后，那些种子萌出了嫩嫩的芽，所有族人们都激动不已，他们开始相互讨论起各自种下的魔法种子来。为了能让魔法种子结出更多更大的宝石，族人们开始相互邀请别人到自家做客，甚至主动地到别人家去做客。所有人的脸上，都带着那种魔法种子所需要的微笑。

就这样,一个星期转眼过去了。但是让族人们奇怪的是,那些魔法种子只长出了一根细细长长的白嫩芽,别说是宝石了,就连一片小绿叶都没有。族人们开始怀疑是不是哪儿出错了,他们相互讨论着,商量着,最后一起来到老族长的家里求助和征询意见。

"其实,宝石早就已经长出来了。"老族长喝了一口茶,有点神秘地微笑着回答。

族人们再次相互探讨了起来,他们坚信自己不会看错,那些魔法种子根本就没有长出任何东西来。"宝石长在花盆里的哪个地方呢?难道是像土豆一样长在土壤下面?"族人们困惑地说。

"哦,不。它确实长出来了,但不在花盆里的任何一个地方,而是在每个人的心中。"老族长微微笑着说。

听了老族长的这番话,族人们沉默了好一阵之后,终于恍然大悟了。原来这个世界上根本就不存在什么魔法种子,那只是老族长编造的一个"谎言"。但仔细想想,老族长其实也没有说假话,因为所有人都在这一刹那间意识到:从种下这些魔法种子到现在,心中已经再次充满了友好互助、和睦相处的精神,而这种精神,远比任何一颗宝石都更值得珍惜。

没有身份之别的友谊

丹尼斯今年53岁，是法国巴黎的一个流浪汉。

他曾经是一位不太成功的小商人，前些年，他觉得年龄越来越大，就变卖了那并不值钱的所有家产做了最后一搏，但很遗憾的是他依旧失败了，最终沦为了一个无家可归的流浪汉。

几年来，他一直“住”在位于巴黎第十六区的一个富人区的立交桥下面。乐观的丹尼斯虽然过着靠人施舍的日子，但他依旧开心地过着每一天，经常哼一哼那些他自己也不知名的小曲。

一天，丹尼斯像平常那样蜷缩在透风的立交桥下，裹着一件破棉袄哼唱着的小调，这时，一位优雅而且端庄的富绰女士领着她8岁儿子的手，从立交桥下走过，当她听到丹尼斯的哼唱声时，她停住了，静静地看着丹尼斯。

见有人正看着自己，丹尼斯觉得有些不自在，就站起身来准备离开，顺便去找一点吃的东西。那位女士叫住他，从口袋里掏出两张100欧元的钞票，说：“请你先不要离开，行吗？我稍候再过来，我们聊会儿音乐。”

“那好，我收下你的钱，等着你过来。”丹尼斯说。那位女士把儿子送到学校以后就来到了丹尼斯的身边，和丹尼斯一起聊起了音乐。丹尼斯虽然不太懂音乐，但曾经也是一个喜欢听碟的人。

“你喜欢听卡拉·布鲁尼的歌吗？”那位女士问他。

“你是说现在已经成为法国第一夫人的卡拉·布鲁尼吗？说实话我不喜欢她的歌。我觉得她唱得不好，声音太低沉而且拖音太短暂，像是一个不会唱歌的人。”接着，丹尼斯还提了许多自己的意见，而在他说话的时候，那位女士总是很随和地点着头，似乎对他的看法完全赞同。

在聊音乐的时候，丹尼斯隐隐觉得那位女士似乎很面熟，但一时半会儿又想不起来她究竟是谁。没多久，那位女士意犹未尽地站起来说：“我该走了。非常感谢你陪我聊了这么多。”

“也非常感谢你，已经很多年没有人陪我聊过这么久的天。”丹尼斯说着把手中的钱递向那位女士说：“还给你的钱。”

“你为什么不收下？我说过这是给你作为陪我聊音乐的回报。”那位女士说。

“是的，可是在我陪你聊音乐的同时，你也陪着我聊了，我怎么还能收你的钱呢？更何况你是在施舍一位流浪汉，而不是在向人购买商品，你完全不需要给我这么多钱。”

那位女士考虑了一会儿，最终还是收回了其中的一张钞票，在那一刻，两人同时露出了相互尊重的笑容。

第二天，当那位女士在把她的儿子送到学校里之后，再次来到了这个立交桥下面。她从口袋里掏出了一张CD递给丹尼斯。丹尼斯如获至宝般地接过来后，竟然发现上面有卡拉·布鲁尼的签名。“这是她亲笔写的吗？”丹尼斯惊奇地问。

“当然，是她亲笔写的。”那位女士笑着说。

这时，丹尼斯朝那位女士看了又看，越来越觉得眼前的这位女士就是CD封面上的这个人，“难道你就是歌手也是我们的第一夫人卡拉·布鲁尼？”

“是我。”那位女士微笑着说，“很高兴你为我提了那么多的建议。”

丹尼斯怎么也没有想到，这位看上去似曾相识的女士竟然就是集歌手、超级名模、法国总统夫人于一身的卡拉·布鲁尼。“天哪，我拥有了一张卡拉·布鲁尼亲手签名的CD。”他兴奋不已地叫道。后来，有人愿意出高价从丹尼斯手中买走那张签名CD，但是都被他拒绝了。“你可以花钱买音乐，但你如何买友谊？”丹尼斯说。

那之后的不久，布鲁尼为丹尼斯安排了一个新住所，当她来通知丹尼斯的时候，没有想到却被丹尼斯拒绝了。“我虽然不喜欢睡在街上，但是我没有为你做任何事情，我没有接受你太多恩赐的理由。”

丹尼斯正直的为人让布鲁尼欣赏不已，但她尊重丹尼斯的想法。从比较能让丹尼斯接受的“施舍”角度，布鲁尼送给他一件军装外套和一套新被褥，让丹尼斯免去在夜晚受寒风吹袭之苦。

布鲁尼时常顺道去看看丹尼斯，而她的平易近人也让丹尼斯在她面前以诚相待，尽管他并不懂音乐，但还是喜欢时常说一说自己的一些感觉，有时候甚至是对布鲁尼的批评。布鲁尼对此并不反感，她反而觉得这是一份独特的值得珍惜的真诚。

渐渐地，丹尼斯与布鲁尼之间建立起了一种深厚的友谊。有一次，布鲁尼在街头和流浪汉谈天的场景引起了法国一家媒体记者的注意，他希望能将此作为总统夫人的正面形象展开报道，但是布鲁尼拒绝了：“这不是娱乐事件，更不是政治新闻，这只是一份没有身份之别的友谊。”

时间一天天过去，布鲁尼从丹尼斯身上看到了穷人们的生活，激起了她为穷人们做点事的念头。尽管布鲁尼不愿意将此成为公众的焦点，但敬业的法国媒体还是将他们的友谊刊上了报纸。

2009年底，她推出了成为法国第一夫人以来的第一张新专辑（*CommeSiDeRienN'Etait*），销量排上了年度总冠军。不久前，布鲁尼将这张新专辑的所得收入全部捐献给慈善组织。

“丹斯尼虽然是一位流浪汉，但他有着独特的自尊和人格，我和他拥有着非常不错的友谊。也是他，唤起我在音乐本身的意义之外，必须要用我的歌声再做一些更有意义的事情。”在捐献仪式上，布鲁尼这样回答记者的提问。

·让缺陷像金子一样发光

一位出生在美国密西西比州的年轻姑娘，从小梦想能够进入电视台做一名节目主持人，所以她进入了田纳西州的一家州立大学，主修演讲通讯与表演艺术。

毕业后，她凭着出众的演讲表演博得了美国巴尔的摩一家电视台的垂青，被聘请为这家电视台的新闻记者和播音员。上班的第一天，她来到演播室，当天的新闻里有一条是关于家庭暴力的事件，还有一条是一对相爱的人在经历了42年的风雨后终于结为夫妻的新闻。

尽管在开播前，她先读了两遍稿子，但在正式播报新闻的时候，她的情绪还是受到了新闻事件的影响，在读那则关于家庭暴力的新闻时，她激动得扔掉了稿子，愤怒地指责起那位施暴的男人来；而当她播报到那条让人开心的新闻时，她又再次扔掉了稿子，兴奋地手舞足蹈并且大喊大叫起来。

所有节目组的成员都被她的表现吓坏了，那简直就是一种没有新闻中性立场的表现。那次节目播出后，包括他的顶头上司在内的所有人，都指责她太缺乏专业素养了。电视台的主管甚至警告她说："请你控制自己的情绪,否则你将面临被解雇的可能。”

但是一直过了一个月,她仍旧没有学会如何控制自己的情绪,因为她天生就是个情感丰富而且真实的人,总是在播报新闻的时候情不自禁地表现出个人的情绪,这甚至引发了不少观众打来投诉电话。她最终被解雇了,因为电视台认为她的率性是一个无法胜任这项工作的“致命缺陷”。

在离开电视台的时候,她的同事们都好意地提醒她:“想走这条路,就一定要改正自己的缺陷。”但她的心里却想:在节目中流露真情难道不好吗?看着行业内这千篇一律正襟危坐的主持风格,她深信,她的那种真实与率真会成为所有观众的需要。

被解雇不久,她听说有另一家电视台准备组建一个早间新节目,她勇敢地敲开了那家电视台主管办公室的门,她说:“我希望您能成立一个谈话节目并且由我来主持,我一定能把节目做好。”

这家电视台的主管考虑了一番后,同意成立一个早间谈话节目,并且让她来主持试试。在她的心中,这个节目的性质早就已经给定位好了,不用念稿子,不用摆一副正儿八经的样子和严肃的表情,她只需要和节目的嘉宾一起坐下好好谈谈天就行了。

节目中,开心的时候,她会与嘉宾一起跳跃欢呼,伤心的时候,她会与嘉宾一起抱头痛哭……她卓越的临场口才和真实的情感投入,使得整个节目过程中高潮迭起,她的节目和她本人在瞬间被观众们记住了,收视率更是得到了前所未有的提高。

在经过了六年的摸爬滚打后,她来到了芝加哥,为一家电视台主持访谈节目《芝加哥早晨》,很快,便把节目打造成了美国最受欢迎的访谈节目。一个月后,电视台将她的节目直接以她的名字命名,节目的品牌概念进一步深入人心。从那以后，她在节目中以真情打动每一位嘉宾，包括克林顿、迈克·杰克逊、汤姆·克鲁斯等等一大批政客和明星，她打动了克林顿，使他签署了一项保护儿童免受性虐待的联邦法律；使汤姆·克鲁斯为向当时的女友，即现在的妻子示爱竟跳上沙发大喊大叫；使迈克尔·杰克逊谈起了自己幼年遭父亲虐待的经历以及澄清皮肤漂白的传闻……

她的节目在之后的20年里一直没有更换名称和特点，而收视率更是几十年如一日，每周在美国有2100万观众收看，并且在海外145个国家播出，收视率远远超过美国三家知名电视台的总和，成为电视史上收视率最高的脱口秀节目。而这，也为她带来了滚滚的财富，使她成为坐拥15亿美元的“全球最具影响力的女性之一”，她甚至对奥巴马问鼎白宫起到了决定性的作用。

她，就是被誉为“美国人的心灵女王和精神榜样”、著名脱口秀主持人兼哈普娱乐集团总裁——奥普拉·温弗瑞。而让人难以置信的是，她能取得今天这样的辉煌成就，靠的竟然是当初倍受指责甚至让她惨遭解雇的“缺陷”。

阿三的兰州拉面馆

门铃响了。我知道，是阿三给我送面条来了。

我们这里是一个典型的江南小县城，我所居住的小区门口是一条不算繁华的小街，街对面有一家兰州拉面馆，阿三就是那家拉面馆的老板。

阿三是正宗的兰州人，有一手非常不错的拉面手艺。两年前，他带着刚过门的媳妇来到这里开了家兰州拉面馆。尽管他的手艺好，但是我们这里的人却不买账，因为我们这一带基本上以米饭为主，并不太习惯吃面食，更何况兰州拉面里总要放一些香菜，那更是让我们不习惯。

生意虽然不好，但阿三似乎从不为此而忧虑。没事的时候，他会坐在门口和大家伙一起聊天唠嗑，有时候甚至打上一两副纸牌。可能是由于人情上的融入吧，到阿三店里去吃面的人似乎一天天的多起来了。最主要的是，就连我这样反对面条的人，也走进了他的面馆。

那是一个周末，妻子儿子都到乡下外婆家玩，就我一人在家。临中饭时，我出门买菜，走到小区门口才想起来忘记带钱包和手机，不仅买不了菜，就连打个电话给修锁开门的人也不行。正不知所措发愁时，在揉面的阿三看了看后问我怎么了，我笑笑说了一下情况后，他热情地招呼我进去坐坐，然后帮我打电话叫开锁的人。开锁人来过之后，出于致谢，我点了一碗牛肉拉面当中饭。那碗拉面无论是面味还是汤味都非常不错，只是那里面的香菜让人受不了。于是我记住了，下次进来吃，一定要嘱咐他不要放香菜。

几天后，我再次来到了他店里吃拉面，点好面后我立即补上一句："不要放香菜。"印象中，一般的老板听到顾客这样的要求都会说"好的"，可是，阿三不但仍旧要往里面放香菜，反而还对我说起了吃香菜的种种好处，最重要的是如果不放香菜，那就不是兰州拉面了。他告诉我说和我一样提出不放香菜的顾客其实挺多，他从来都没有答应过。我说做生意应该学会变通才对，兰州拉面也要入乡随俗才好，我们这一带的人不爱吃香菜，那就别放香菜了嘛。阿三笑笑问："那我打出的这个兰州拉面的招牌还有什么意思呢？"他说他之所以不按顾客的要求办，是因为他相信只有正宗的才是最好的，尽管正宗的兰州拉面一时半会儿让人们觉得不适应，但是总有一天他们会被这种正宗而独特的口味打动。

阿三说，如果为了满足顾客的要求而改变甚至是抹杀兰州拉面的特色，那不仅意味着没有让顾客吃到正宗的兰州拉面，时间一长还会砸了自己的招牌，甚至还要给兰州拉面抹黑。

阿三一直没有改变放香菜的习惯，可是慢慢地，包括我在内的无数人竟然都开始隐隐地有些离不开香菜了，如果是在一家普通的面馆里吃一碗榨菜肉丝面或者青菜肉片面，我们绝对不会想到要放几根香菜进去，但是在兰州拉面馆里，你就是会觉得如果没了香菜，肯定就没了那个味。

时间一天天过去，阿三的拉面馆生意也一天天好起来，一转眼，他在这里已经经营了两年了，到现在，他的生意几乎天天都是爆满，附近的人们如果准备去他店里去吃面，绝不会简单地说成是去“吃面”，而一定会说是“去吃兰州拉面”，在人们心中，这兰州拉面，和别的面就是不一样。

开起门，果然是憨实的阿三端着一碗兰州拉面站在我门口，那碗里，照例撒着一撮嫩绿嫩绿的香菜。这时我突然想，如果阿三从一开始就随着顾客的要求而改变自己的兰州特色，那么他现在的生意还能有现在这么好吗？他的兰州拉面这个品牌还能打响吗？

在那一瞬间，我被阿三那种尊重和坚守兰州拉面传统特色和品牌文化的精神所动容。我想，兰州拉面之所以能够像今天这样享誉全国，正是由于有了一位又一位像阿三这样的兰州人吧。

撬开那扇挡住你的门

詹姆斯·卡梅隆这个名字再次随着一部名为《阿凡达》的影片火遍了全球,在好莱坞,他一直被誉为是"无所不能的天才导演"。

卡梅隆在1980年进入好莱坞制片人罗杰·卡曼的工作室,从事影片的特技制作。1982年,他有幸执导他的第一部影片《食人鱼2·繁殖》。这部影片的制作人是意大利人罗尼,拍摄和制作地点也都在意大利。可能是由于水土不服的缘故吧,一来到意大利后,才25岁的卡梅隆身体表现得非常不适,时常生病,而且和一口意大利语的罗尼以及其他工作人员很难有良好的沟通,包括罗尼在内的所有意大利工作人员都取笑他是一位"弱不禁风的小白脸。"

可能也正是因为这些,尽管卡梅隆异常卖力地想拍好这部影片,但他的努力却得不到大家的认可,所以在整个拍摄过程中,卡梅隆和他们相处得极不愉快。历经好几个月,《食人鱼2·繁殖》终于拍摄完毕,进入了后期的制作,但是制片人罗尼对卡梅隆这个羽翼未丰的导演非常漠视。"一个弱不禁风的臭小子,能做什么?"罗尼在背后对他的意大利工作人员们这样说。

影片的后期制作安排在意大利米兰市的一间工作室里，来到这里的时候，卡梅隆刚想和罗尼等人一起进入工作室进行影片的最终剪辑。但这时，罗尼伸手拦住了卡梅隆，说："这段时间你辛苦了，接下来的工作技术含量非常高，更何况我们用的是意大利自己的剪辑设备，你还是先去宾馆休息几天然后回美国吧。"

这看似对卡梅隆的关心，而实际上是对卡梅隆的不信任和排斥。卡梅隆来到宾馆后怎么睡也睡不着，身为一个导演，竟然没有资格参与影片的最终剪辑，那简直就是对他的一种莫大的污辱。卡梅隆越想越难过，当天晚上，他一气之下来到工作室想和罗尼理论，但等他赶到的时候，里面的工作人员已经下班了。

"自己拍摄的电影一定要我自己来剪辑。"卡梅隆心里暗暗说道，他看了看工作室的门，发现那门并不是十分保险，于是拿出口袋中的一张信用卡把门给撬开了。在那一整个晚上，他在工作室里学会使用了意大利的剪辑机。

回到好莱坞后，卡梅隆用一台旧的意大利剪辑设备，花几个星期的时间，为自己剪辑了整部片子。所以在递审的时候，出现了两个版本，一个是意大利制片商的剪辑版本，一个是卡梅隆的剪辑版本。当意大利的制片方在看了卡梅隆的剪辑版本后，几乎惊呆了，他们万万没有想到，其中具备的如此出色的剪辑和特技制作竟然就是出自这位年轻导演之手。最终，他们采用了卡梅隆的剪辑版本，也就是人们后来所见到的《食人鱼2 · 繁殖》。这部影片问世后，仅国内票房就创造了3400万美元的收入。

卡梅隆的名字也在这个过程中被传开了，无数制片人开始向他发出邀请，但是卡梅隆却因为这次经历而下定决心：不再为任何人卖命，一定要制作自己的电影。在随后几年，他先后创作出了《终结者》《异形2》《深渊》《泰坦尼克号》等等完全属于自己的影片，没有一次不轰动全球，一直到2010年的《阿凡达》。

美国《时代周刊》曾用这样一句话来形容詹姆斯·卡梅隆的电影才华："没有任何难题能够难倒詹姆斯·卡梅隆。"确实，即便是有一扇门把卡梅隆隔在他的电影之外，他也会想办法撬开那扇挡住他的门。

最美丽的海难

2010年1月15日,美国皇家加勒比国际游船公司的一艘豪华邮轮,从西雅图港口出发,载着3100名游客开始了他们的环球旅行。

几天后的一个清晨,邮轮驶进了海地的一个海域。船长告诉他们,邮轮将在海地一个私人小港口停靠一天,让游客们下船自由赏景和游乐,但游客们对此却表示非常不满。"天哪。海地?那里刚刚发生过严重的地震,有无数灾民无家可归,你却让我们在那里赏景游乐?那样做无疑是在残酷地虐待灾民们的精神。"无数游客们都这样说。

几乎所有游客都提出抗议,他们强烈要求游船公司更换停靠港口,有不少人甚至提出要更换线路。线路是由公司统一制定的,涉及许多方面的问题,当然不能随意更改,船长只能拒绝了游客们的要求,让邮船继续前行,并在几小时后停靠在那个海地的私人港口。

那个港口的规模不算太大,景色却特别优美,有清澈的海水,大片沙滩以及翠绿的小山,所以这里是邮船公司每次环球海行的必来之地。船长和导游纷纷拿起高音喇叭,告诉游客们可以下船去尽情地玩乐了,但是游客们站在甲板上,没有一个人下去。因为景色虽然还是一样的景色，但情况却完全不一样了：沙滩上到处都是无家可归的灾民，有的麻木地坐在沙子上看着远方，有的拉着孩子在海边的浅水区捡拾着被海浪冲上来的鱼虾和鲜贝，有的正搭着土灶不知道烹煮着什么……

游客们看着这些场景，心里觉得非常酸楚，“他们被地震无情地夺去了家园，而我们却要下船去在他们面前尽情玩乐？我们不能这样做。”游客们说。

“我代表游船公司向大家承诺，我们将会捐助一些食物给当地的灾民，你们只管下船去尽情游玩吧。”船长说。

“将会捐助一些食物？我们非常相信游船公司会履行这个承诺，但问题是，现在他们就饿着肚子。如果我们在这些灾民面前尽情玩乐，那会对他们很不公平。”游客们说。

“那样，你们会因此而失去一个美好的游乐机会。船已经停靠了，下不下去你们自己拿主意吧。”船长说完，就自顾自地走进船舱休息去了。

游客们继续站在甲板上，同情地看着沙滩上的灾民。这时，突然有一位游客拿起被导游搁在一边的高音喇叭说：“我想，我们应该下船去。但不是去游乐，我们必须要做点别的什么，假如大家都带了足够的食物和水的话。”

这个提议简直让所有人都意识到一点什么，纷纷转回自己的船舱，拎上各自带着的食物和茶水，有不少壮年游客甚至不顾船员的阻止，把邮轮厨房里的食物和蔬菜也成箱成包地扛了出来。几千位游客，排着队向船下走去。他们把这些食物和水发给了沙滩上的灾民，尽管数量有限，无法使数以万计的灾民们的生活得到长期解决，但在这个时候，一个面包、两口淡水，也可能就是一个与生命产生连接的等号。

游客和灾民们一起，在海边捡拾起小鱼虾和小鲜贝，虽然相互间语言不通，但在每个人的脸上写满理解和真诚，一阵阵欢快的笑声，飘荡在那片刚刚遭受过地震灾难的土地上……

因为船上仅剩的食物无法让邮轮在这里停留更久的时间，船长下令离开这里，去就近的港口补充食物和水。但这时，超过一大半以上的游客又不愿意上船来了，他们指责说现在虽然为灾民们出了一点小小的力，但是这点力实在是太微薄，况且这还不是游船公司的本意，他指责游船公司的本意是让人感到“恶心”的。

几乎所有游客们都提出了一个要求，游船公司必须承诺要对海地的灾民们做出更大的捐助，否则无法补偿游船公司在那个“本意”上所犯的过错。如果游船公司不同意，那他们就不上船。船长无奈地打电话给邮轮公司，把所发生的一切以及游客们的态度转述给了公司，并最终得到了公司的理解和同意。当船长通过高音喇叭把公司发言人在电话中的承诺和声明发布出来的时候，所有游客和灾民们都为此欢呼鼓舞起来。

夜幕开始降临，游客们终于全部回到了船上。伴随着一声汽笛，邮船渐渐离开了港口，游客们站在甲板上，重新望着那片夕阳下的海滩，不舍得走进船舱里去。“这将是我这次环球旅行中最美丽的一个海滩。”一位游客说。

有些东西无法复制

莫斯·哈特是20世纪初的美国著名戏剧家,他的父母在他出生不久后就离开了人世。莫斯·哈特从小过着异常贫困的生活,连中学还没有毕业就辍学在家,一边靠着让人难以想象的方式维持生活,一边开始学着编写剧本。

10多年之后,28岁的莫斯·哈特写出了一部名叫《行乞者》的舞台剧本,故事的梗概是说一位有尊严的行乞少年,在窘迫的生活中,因为拒绝吃一个砸到他脸上来的面包而饿死街头的悲惨故事。这部舞台剧公演以后,所有观众的内心都被深深地打动了,他们一次又一次地为剧中这位少年的死去而流泪。在连演20场之后,剧团还在观众们的要求下加演了5场,一举刷新了当时的舞台剧票房。

《行乞者》的热演让许多剧团和剧作家无比羡慕,他们纷纷出高价到那个拥有《行乞者》版权的剧团里去复制剧本,然后拿回来做参照,套写改编。一时间,什么《乞讨者》《流浪者》《贫困者》等舞台剧纷纷涌向了剧场。然而,这些模仿者们的作品却很少有人问津,因为虚席过多,这些剧团在开演前的几分钟还不得不请人在门口吆喝,兜售低折门票。

这让模仿者们沮丧不已，他们心想都已经把莫斯·哈特的剧本给复制过来做参照了，可为什么莫斯·哈特的《行乞者》还是如此受欢迎和好评，而他们的作品却受到了这种前所未有的冷遇？

不久后，美国的和普利策戏剧奖在当时的纽约大剧院举行颁奖典礼，和普利策戏剧奖是美国戏剧界的最高奖项，包括那些模仿《行乞者》的剧作家在内，所有戏剧界人士都以此为至上的荣誉。

在那届典礼上，宣布奖项得主的嘉宾是一位名叫温柏格的舞台剧资深导演，在宣布之前，他先对大家讲了一个发生在十多年前的真实故事：那天他刚买完一个新鲜面包，但在转身的时候撞上了一位正准备向他行乞的、饿坏了的少年乞丐，温柏格的面包也因此而沾到了乞丐身上的污垢，这让温柏格无比愤怒地将这只面包砸到那位少年乞丐的脸上，并说："给你吃吧。"然而，那位少年乞丐把面包从地上捡了起来，却并没有吃，而是说了一句"不能在街上乱丢东西"，然后将面包扔进了一边的垃圾桶。

温柏格接着说："我为当初的举动而愧疚不已，我希望当初的那位少年现在可以走到我的面前接受我的道歉，原谅我当初的粗暴和野蛮。当然，最重要的是容我将手中这只奖杯颁给你。"

在一片猜疑声中，莫斯·哈特从座位上站起来走向了舞台——他的《行乞者》获得了这个至高无上的和普利策戏剧奖。到这时，人们才意识到，原来莫斯·哈特在《行乞者》中描写的竟是自己的故事。

那些复制《行乞者》剧本的剧作家和剧团负责人到这时终于幡然醒悟：任何剧本和故事情节都可以参照甚至是套用，但有一样东西却无法复制，那就是一种源自真实生活的内心情感。

第四辑

一粒雄伟的沙子

韦拉德的微雕展取得了巨大的成功，当天就吸引了约三千位参观者，其中就包括英国皇家雕塑家协会的主席布莱恩·福肯布里奇先生，他在参观之后用无比钦佩和赞赏的口气说：“沙子变成了一座雄伟的教堂，这不仅是一种举世无双的雕刻艺术，更是一种坚韧不拔的人格魅力，毫无疑问，韦拉德本人就是一粒雄伟的沙子。”

昂贵的剧本

财大气粗的阿曼特是一家大剧团的老板，在这座城市里，另外还有一家小剧团，老板名叫鲍勃。这两年来，鲍勃的小剧团发展很快，原因是他总能买到非常优秀的剧本。

阿曼特知道，鲍勃的剧本有一大半是从一位名叫肯尼斯的年轻剧作家手里买的，他编写的舞台剧几乎可以打动每一位观众，于是阿曼特决定也向肯尼斯购买剧本。

两个月后，阿曼特得知肯尼斯又有一个新剧本出炉了，就差遣一个助手把肯尼斯叫到了自己的办公室，阿曼特从保险柜里拿出30万美元扔到肯尼斯面前，说："小子，我用这些钱买下你刚写好的这个剧本。"

肯尼斯看了看那些钱说："我不愿意用这个价格出售。"随后起身告辞了。

"你就自己藏到柜子里去吧，看看还有谁能出得起比我更高的价格。"阿曼特相信，他所出的这个价钱绝不是鲍勃出得起的，这也是阿曼特平生所出的最高价格，然而没想到肯尼斯还不肯卖。让阿特曼没有想到的是，在三个月后，鲍勃的剧团却开始演出肯尼斯的那部新剧本。

鲍勃竟然有能力买下那剧本？他究竟出了多高的价格？阿曼特纳闷了，他下定决心在肯尼斯写好下一个剧本的时候，无论如何都要出更高的价格抢购过来。

转眼半年过去，肯尼斯又写出了一个新的舞台剧本，阿曼特得知后再次差遣他的助手把肯尼斯请到了办公室，他叼着雪茄把事先准备好的50万美元扔到桌子上，傲慢地说："把刚写好的剧本留下，这些钱就是你的了。"

"如果您已经说完，那我就告辞了。"肯尼斯站起身来后说，"我并不愿意卖这个价格。"

阿特曼没有想到他连这么高的价格也不愿意卖，愤怒地说："你太不识抬举了，难道还能有人出得起比我更高的价格吗？"

肯尼斯笑笑，什么也没有回答，走了。

几个月后，让阿曼特无法相信的事情再次发生了，肯尼斯的新剧本居然又在剧院开演了，而出演者依旧是鲍勃的剧团。

阿曼特相信鲍勃绝对不可能拿出比50万美元更多的钱，于是立刻坐上马车赶到肯尼斯家中，愤怒地责问肯尼斯说："小子，这究竟是怎么回事？我出50万美元你都不肯卖，难道鲍勃能出得起比这更高的价格？"

"不，他付给我的钱远远没有50万美元，但他给的却是您永远也出不起的高价。"肯尼斯平静地说。

"臭小子你在胡说些什么？既然他给的钱远没有50万美元，却为什么说他出的高价是我永远出不起的？他出的又是什么高价？"阿曼特完全困惑了。

“他给我的价格是‘先生’,而不是‘小子’或者‘臭小子’,那是一种对人的尊重,一种最珍贵的财富,而您所缺少的正是这种财富,所以您总是出不起他所给我的高价。”肯尼斯说。

像石灰一样沸腾

歌德是18世纪中叶到19世纪初德国和欧洲最重要的剧作家、诗人、思想家。

歌德年轻的时候，曾经是一位绘画爱好者，他习惯于用绘画的方式表现自己的心灵和思想，并且努力想成为一位非凡的画家。虽然他为自己的梦想而不懈努力着，但却始终不能在绘画上取得什么好成就。然而，幸运的是在他习画的同时，也酷爱文学，渐渐的，歌德发现自己更擅长于用文字的方式来表现心灵和思想。不知不觉中，他把更多的精力投入写作。

当时正是欧洲社会大动荡、大变革的年代，封建制度的日趋崩溃，革命力量的不断高涨。歌德也因此而不断接受到先进思想的熏陶和洗礼，从而加深了自己对于社会和人生的认知，创作出了一些诗歌和戏剧的剧本。但歌德的做法遭到了不少绘画界人士的抨击，他们指责歌德是对绘画艺术的“不忠”和“叛离”，是一位艺术叛徒。所以，当歌德尝试拿着自己的创作成果寻找出版商，频频遭到了一些人的暗中作梗，以致歌德的这些创作成果只能被长期地搁浅在自己的稿纸上，无法走向读者。

后来，一家私人出版机构总算同意出版了他的一本诗集，可一出版就遭到了不少人的炮轰，甚至有人买了那本诗集后，又邮寄给歌德，但在封面上却写有这么几行字："这就是一个艺术叛徒者所写的所谓的诗歌？简直太荒谬了。"

歌德收到这本诗集后，不但没有生气，反而把它当成一个装饰品挂在书房里最显眼的一面墙上，歌德的一位好朋友不解地问他："你为什么容忍他们这样不断地向你泼冷水？"

"为什么不能容忍？他们在不断地使我成才，难道我要生气吗？"歌德微笑着说。

"泼你冷水是在使你成才？"他的朋友困惑地问。

"当然，假如你往一块干石灰上泼去凉水，它会立刻全身沸腾起来，泼得冷水越多，石灰沸腾得就越强烈，之后它就成为一种建筑材料了。"歌德这样说。

就在这种坦然面对挫折和打击的乐观心态下，歌德的心灵真的犹如石灰那样"沸腾"起来了——几年时间，他创作出了一大堆诗歌、剧本、小说和哲学作品，其中就包括德国历史上第一部现实主义历史剧《葛兹·冯·伯里欣根》和风行全球各国的《少年维特之烦恼》，歌德的名字也由此而跃居世界级诗人行列，最终成为一颗无法替代的、璀璨于全球的文学巨匠。

让赌王输在你手里

他之所以能得到“世界赌王”这个称号，是因为在之前十年里，他每天都纵横于全球最著名的四大赌城间，从未遇到过敌手。

赌王靠着精湛的赌技赢得无数尊重和财富，有一年，他想要过一段轻松平静的日子，于是登上环游世界的旅途。一天，他来到南非西部一个古老的小镇上，小镇的人们争相拥向赌王，他们都希望能一睹世界赌王的风采。人们把赌王请进了一间草屋里，拿出最好的普蒂亚花茶招待他，赌王也心情很好，和大家坐在一起亲切地聊天。

这时，一位十来岁的小男孩挤了进来，他仰着脸对赌王说：“我可以请你赌一局吗？”

“你要和我赌？你知道我是谁吗？”赌王还从来没有碰到过这么年轻的挑战者，一个孩子向他发出挑战，这简直是太让人不可置信了。

“我知道，你是赌王。”小男孩说。

“不，我是世界赌王。”赌王开玩笑地说，“那么，你现在还敢和我赌吗？”

“当然，我知道你是世界赌王，所以想和你赌一局。”小男孩说。

“如果是平时，我不会答应，但是现在我正在休假，所以我可以答应你的‘挑战’。”赌王笑着问，“那你想要和我赌什么，还有怎么赌？”

“我们玩纸牌吧。”小男孩说着，从口袋里掏出一副陈旧的纸牌，放在赌王面前的桌子上说，“我们就用一美元做赌注，好吗？”

“当然可以。”赌王摸了摸口袋，他身上确实有几个硬币，“那我们玩什么牌呢？你说吧。”

小男孩考虑了一下说：“那就玩十二条吧。”

“你说什么？”赌王似乎没有听明白，又问了一遍。

“我们就玩十二条吧。”小男孩说。

“十二条？”赌王蒙住了，长这么大，他从来没有听说过有这么一种纸牌玩法。的确，这种十二条的纸牌玩法只流行于南非西部这几个僻静的小镇，其他地方都没有，赌王当然从来没有听说过。

“可是我不懂玩这个牌的规则啊。”赌王说。

“只要你懂的就行了是吗？”小男孩说。

“那当然。”赌王说。

“好，这牌的玩法非常简单，那我教你吧。”小男孩接着把十二条纸牌的玩法对赌王详细地介绍了一番，赌王不愧是赌王，仅用了三分钟就已经掌握了它的规则，于是牌局开始。

赌王面带笑容，友善地和小男孩一起赌着牌，虽然他是赌王，但是毕竟这是一种他从来没有见识过的牌，虽然小男孩花了三分钟就把他教会了，但是“会”和“精”完全是两个概念，赌王仍旧不具备足够的实力和眼前这位一脸童稚的小男孩相抗衡。

围观的人认真地看着，赌王边玩牌边和大家轻松地开着玩笑：“我无法战胜这位可爱的小男孩，看来他要取代我的赌王地位了。”大家被赌王的幽默逗笑了，就这样在不知不觉间，一副牌打完了，赌王几乎是毫无悬念地落败了，小男孩从世界赌王手里赢得了一美元。

赌王轻松地笑着站起来，他要继续他的环球之旅了。走出草屋后，赌王脸上的微笑瞬间消失了，他伸手擦了一下额头暗暗渗出的汗，别人都以为他在陪着那位小男孩玩，其实他自己知道，他已经尽了最大的能力了，甚至还一连动用了两次娴熟的老千技术，但是他依旧无法改变落败的结局，最终输掉了成为赌王以来的唯一一次。

其实，世界上从来就没有真正的"王"，否则在南美洲的那片森林里，也不会发生一只成年美洲虎被一群乌鸦啄死的事情。战胜赌王，不一定非得身怀超过赌王的牌技，关键是你选择了什么牌法和他赌。

· 40减39绝不等于0

夜色开始悄悄降临在德国的斯图加特地区，就在这个时候，一位年过七旬的老人拖着疲惫的身躯回到家里。这段时间以来，他的心情简直糟透了。

他叫阿道夫·默克勒，是闻名全球的德国大富豪，名下资产超过90亿美元，在2008年的福布斯富豪榜中排名第94位，享有“德国的巴菲特”的美誉，甚至被认为是“德国工业精神”的象征。他出生在一个德国的商业家庭里，长大后从祖父手中接过了一个只有80名员工的小药厂。在之后的年月中，他依靠自身的智慧与努力，将这个小药厂一步步打造成为一家拥有10万名员工、年销售额达400亿美元的工业集团。

然而，一场像海啸一样袭卷而来的金融危机，使所有的一切都变得弱不禁风，包括他那曾经稳如磐石的商业帝国，也一下子像磊卵一般岌岌可危，旗下的几家公司相继出现严重的问题。为此，他不得不靠向银行贷款的方式维持他的商业运作，甚至就连他最引以为傲的一个药厂和另一家分公司都在申请银行贷款时而作为了抵押，他的股票也随之而一路大跌，损失无比惨重。

看着自己一手打造出来的商业帝国摇摇欲坠，默克勒心急如焚，虽然之前得到过一些贷款，但那些为数不多的贷款根本不足以对他的企业产生什么实质性的改善，再这样下去，他的商业帝国将彻底瓦解。

在前一天，他仔细算了一笔账，得出一个结论：如果能成功贷到一笔4亿欧元的款，那他的企业将获得根本性的转机，足以安全渡过这次危机。所以，这天他早早出门，一家一家地拜访他能找到的所有银行，在这一天里，他一共拜访了包括AG商业银行、德国AG银行和兰德公众银行在内的40家银行，然而在这场经济危机下，银行的情况也不容乐观，他们都无法一下子决定能不能贷出这笔数额巨大的款项。那40家银行的回答如出一辙，叫默克勒先返回家中，等他们开过会后再作回复。

他回到家后连咖啡也不想喝一杯，就坐在客厅的电话机旁等。终于，电话响了，默克勒激动地接起来，是银行打来的，但是他并没有从电话里得到他所需要的结果，他的心情沮丧到了极点。在接下来的两个多小时里，默克勒又相继接到了38家银行打来的电话，然而，却没有一家为他带来了好消息，包括之前那家银行在内的共39家银行都这样告诉他：经过商议后，他们最终确认自己没有足够的能力贷出4亿欧元。

默克勒的心情由沮丧而变得绝望，就像是世界末日已经来临，他已经做了最大的努力了，但是仍旧无法使他的商业帝国起死回生。他再也没有心情等待最后一个电话，从椅子上站起身来，向外走去，他认为是时候从这种痛苦中解脱出来了：在离他家不到300米的地方，就是一条铁路。他缓缓地向铁路走去，十几分钟以后，他的生命终结在了那条曾经为他带来过无数财富的铁路上。

让默克勒万万没有想到的是，几乎是在他走向铁路的同一时间，在那40家银行中，有一家苏格兰皇家银行正在紧急商讨他的贷款项目，并在当晚就给予了批准，同意给默克勒的VEM公司提供4亿欧元的贷款。然而，等他们在次日清晨打电话通知默克勒的时候，却被默克勒的家人告知他已经永远离开了人世。

消息传开，所有人都惊呆了，为了这位商场风云人物的生命，更为了这位精明商人所犯的一个极其简单的失误——40减39，无论如何也不会等于0。

只需往后退几步

一位只有5岁的小男孩跟着他的父亲走在加拿大安大略省一条乡间小路上，前面有一个半米宽的水沟，父亲虽然挑着沉重的担子，但他还是轻松地跨了过去，可是尾随在后面的小男孩却并不能做到，他站在水沟边看着自顾往前走的父亲，急得哭了起来。

“怎么了？快点跟上。”他的父亲呵斥着说。

“我跨不过去。”小男孩委屈地说。

如果父亲也是空手的话，或许他会走过去将那小男孩一把拎过来，但此刻他身上挑着担子，所以并不愿意走回头。“你确定跨不过去？”父亲这样问。

“是的，我跨不过去。”小男孩急得快要哭起来了。

确实，对于一个5岁的孩子来说，那个半米宽的缺口确实不能轻易跨过去的。父亲看着站在水沟旁束手无策的儿子说：“你后退几步，然后再用力往前冲，这样就一定能跳过来了。”

小男孩照做，往后退了几步，然后奋力往前冲去再奋力一跳，果然成功地跳过了水沟，稳稳落在地上。

等这位小男孩稍长大一些后，他梦想着有朝一日能进入位于美国加利福尼亚一所非常不错的大学里去读书，然而在他念高中二年级的时候，却突然生了一场大病，那场病几乎侵夺了他两个月的学习时间，等返回到学校的时候，他发现自己的功课已经糟糕透了，甚至在课堂上完全听不明白老师到底在讲些什么。他再也没有斗志学习，在学期还没有结束就悄悄溜回了家。

“怎么了？为什么现在回来？”他的父亲问他。

“我不可能凭这样的成绩实现我的理想，我不想读书了。”他说。

如果他的父亲有足够丰富的知识，或许愿意为孩子补上几堂课，但是他只是一个很普通的工人，根本无法为孩子补课。“你确定再也无法取得好成绩了？”父亲这样问他。

“是的，我再也无法取得好成绩。”他沮丧极了。

“拖了两个月，你确实很难把功课赶上去，但我更相信放弃并不是最好的办法。与其放弃，不如干脆后退一年，等明年重新再读一个二年级。”他的父亲替他拿下了主意。那之后，中学生就在家里，尽量多复习以前学过的功课。第二年，他回到了学校里，这样一来，他虽然倒退了一年，但是他的成绩却更加优异了，轻轻松松地就考上他梦想中的那所大学。

后来，他成了一位美国好莱坞的电影导演，并靠一部《泰坦尼克号》一举刷新世界票房纪录，成为电影导演中的“世界之王”，这种事业和艺术的双重巅峰，在为他带来无数荣誉和财富的同时，也让他随之承受了更大压力和阻碍：他再也无法超越自己了，除非能够拍摄出一部优秀的3D电影。可那只是一个美好的想法，实际上在全世界没有任何人能用3D技术拍出一部电影来，包括他这样的世界之王。

他在获得了当年的奥斯卡最佳导演奖后，就人间蒸发般地消失了，一连13年，没有人知道他究竟在做些什么。

就在人们几乎要将他忘却的时候，2010年初，一部号称全球历史上最昂贵的电影在全世界掀起了一阵前所未有的高潮，并且开创了3D电影制作先河，人们通过海报才意识到：他回来了。那部电影在全世界上映不到两个月，就以20亿美元打破了之前由《泰坦尼克号》创造并保持13年的影史全球总票房纪录。没错，他就是《阿凡达》的影片导演詹姆斯·卡梅隆。他用13年的隐退，轻松实现了自我超越，再次成为“世界之王”。

人的一生有许多所谓的困难与险阻，看上去总会让人觉得无法克服，然而只需要往后退几步就会发现，只要奋力一冲一跃就可以轻松跨过去了。关键是在面对那条看上去无法跨越的水沟时，你是选择站在水沟边发呆还是往后退几步。

飘荡在卡纳朗监狱上空的感恩之歌

在智利马乌莱外海的海岸上，有一所关押着103名重刑犯的卡纳朗监狱。恩里克·弗里茨是这所监狱的最高长官，他管理这家监狱已经有30年之久，和这里的一草一木、一砖一瓦都拥有着深厚的感情，当然，也包括这里的每一位囚犯。

2月26日这天晚上，刚好轮到弗里茨值班，到了后半夜，原本宁静的夜忽然变得躁动起来，狂风和暴雨几乎在同一时间降临，咆哮的海浪也越涌越高，椰子林的舞蹈变得狂乱而无序，兀自发着令人心悸的哗哗声……

囚室里的犯人们打着鼾声熟睡，他们丝毫没有感觉到这个不平静的夜晚究竟会发生些什么。恩里克·弗里茨像往常那样从囚室里清点完人数后，再锁上三道门，经过宽阔的篮球场，回到高高的塔台上。

"这究竟是怎么了？"弗里茨有些不安地裹了裹外套，他一边自言自语地说着一边关上了塔台的门窗，但疯狂的风浪声还是一阵阵地穿过窗户玻璃直接涌入弗里茨的耳朵。弗里茨焦躁地在塔台上踱着步，忽然，他觉得脚下一阵颤动，而在那一刻，海浪也变得更加诧异和疯狂，像暴怒的狮子一般直往岸上奔来。

“天哪。地震和海啸同时来了。”弗里茨惊恐地大喊了一声。

“监狱长，地震了，赶快下来。”他的助手罗施昂几乎在这同时从下面的值班室里跑出来，对着塔台慌张地喊。

弗里茨连忙跑下塔台，他刚拉着罗施昂跑到球场上，高高耸立的塔台就“轰”的一声倒了下来。

“监狱长，我们快逃吧。”罗施昂大声催促着弗里茨说。这时，囚室里面的犯人们也都被惊醒了，他们慌乱地摇晃着铁窗和铁门，大声呼叫着……

“囚犯们怎么办？”弗里茨用手指了指囚室，用命令的口吻对罗施昂说，“快去给他们开门。”

“开门？监狱长，他们都是重刑犯，除了平时放风以外，任何一项外出活动都要经过上级的审批，私自为他们开门是不允许的。”罗施昂紧紧地攥着弗里茨的手臂，一边把他往外拽一边说：“更何况他们一出监狱，对居民们会造成很大的威胁。”

“我们的职责就是看守他们，改变他们，难道我们所做的努力都是徒劳的？难道他们永远都是十恶不赦的大坏蛋？相比起来，还有什么比这103条人命更为重要的事情？”弗里茨深知，在这个时候多争辩一秒都会使囚室里的犯人们多增加一分危险，他一把挣脱罗施昂的手，冒着狂风暴雨冲向囚室。

弗里茨跑到囚室的时候，所有的灯都因为强烈的震动而熄灭了，犯人们纷纷脱下身上的衣服点燃起来，照亮了整个囚室，弗里茨用了比平时快出一倍的速度打开了所有的囚室铁门并大声命令犯人们赶紧跑到外面去，然而，当弗里茨打开所有囚室后跑到外面来却发现，犯人们正不知所措地在雨里列着队。

“现在不是半夜训练，而是逃生。你们尽快离开这里吧。但我相信在灾难过去之后，你们还认识回来的路。”弗里茨说完这些后，用命令的口气大声向囚犯们喊：“解散。”

随着这一声命令，囚犯们终于明白了监狱长开门的真正用意，他们纷纷冲出监狱跑向安全的地方，而弗里茨也和罗施昂驾车离开了这里，向远方的康赛普西翁市驶去。

在所有犯人们都跑向远处的空地时，囚室在剧烈的震动中倒塌了下去，紧接着被汹涌的海水完全淹没，一场巨大的悲剧在这场里氏8.8级的特大地震中避免了……

第二天中午，弗里茨在一片废墟中走进了康赛普西翁市的警察局，他认为自己必须要为自己私放囚犯的行为负责，然而正在他交代“罪责”的时候，警察局接到电话说：在郊区，有数十名身穿囚服的人正行走在通往卡纳朗监狱的路上。

“他们果然记得回来的路。”弗里茨的脸上浮现出一丝欣慰的笑容，他们在赶到监狱后发现，70名囚犯正在有序地整理废墟，他们一边劳动，一边齐声高唱着每一位智利人都会唱的《感恩之歌》……

一个礼拜后，其余的33名囚犯都陆续回到了监狱。103名重刑犯，在灾难中被放出逃生，灾难过后他们又自觉地回到这所连围墙都不复存在的监狱继续服刑并且参与重建，这个结局连警察们都觉得不可思议，一位名叫卡贝拉·吉尔的犯人这样对警察们说：“弗里茨对我们的那种信任，让我们永远铭记和感动，这使我们无法做出任何辜负他的举动。”

两天后，康赛普西翁市警察局也对弗里茨的“渎职罪”做出了让所有人都倍觉欣慰的答复：这是一个明智而且伟大的举措，他不应该因此而受处罚。

·把理想交给时间

2010 年 3 月 7 日，61 岁的好莱坞影星杰夫·布里奇斯在纵横银屏 40 年后，终于凭借着超凡演技拿下第 82 届奥斯卡最佳男主角奖，高龄封帝。而事实上，他从 22 岁开始就多次获得过这个至高奖项的提名。

布里奇斯于 1949 年出生在美国的一个演艺之家，在仅有 4 个月大的时候，小布里奇斯便躺在妈妈的怀抱里参演《危险关系》。长大后，他进了赫伯特·伯格霍夫学院专门学习表演，从那时候开始，他就把每个电影演员都盼望得到奥斯卡奖项作为追求目标。

1972 年，布里奇斯从学院毕业，并在当年正式入行，出演真正意义上的处女作：《最后一场电影》。那时候，受到越战阴影的笼罩，美国的大银幕上非常流行一些内心阴暗、思想复杂的深沉人物，所以杰夫·布里奇斯的戏路从一开始就与传统银幕英雄人物保持着距离，他在这部《最后一场电影》的影片中表现得一鸣惊人，获得了奥斯卡最佳男配角提名。

但很不幸，与这位初生牛犊同时被提名的还有他的搭档、绝对重量级的老前辈本·约翰逊。布里奇斯与奖项擦肩而过。

这种“虽败犹荣”的局面既让布里奇斯失落，又使他增加了无数信心,他相信只要自己努力,总有一天能够得到观众和评委们的认可,实现自己的理想。虽然没有获奖,但布里奇斯的表演却从此得到了更多人的关注,他也更加全心全力地演好每一部电影,不允许自己有任何一点差错。

1976年,他受当时的大导演马丁·斯科塞斯之邀,出演《霹雳与光脚》,拍摄期间,导演和同事们都觉得他的表演没有任何问题,但他却不断地代替导演喊"cut",后来马丁简直到了忍无可忍的地步,对他说:"我没有喊停就代表所有人的表演都非常好,可以一直继续下去。"但布里奇斯却说:"我自己觉得我的表演还不到位。"

正是由于布里奇斯这种严谨的表演,使他获得了奥斯卡最佳男配角的第二次提名,但这次他偏偏遇到了《教父2》中的罗伯特·德尼罗,这是一个在当时被誉为无人可以战胜的对手。布里奇斯再次与奖项无缘。

历经两次提名和失败,布里奇斯心情却并没有受到什么影响,他一如既往地努力拍好每一部片子。几年后,他在《政坛风云》里饰演一位脾气暴躁的美国总统,第三次获得奥斯卡提名。可在争奖时,他遇到了《莫扎特传》的主演、被称为"伟大的演员"的弗·默里·亚布拉罕。他又失败了。

从那以后,布里奇斯开始广拓戏路,尝试饰演各种不同风格的人物形象,其中包括在科恩兄弟的《谋杀绿脚趾》影片中,饰演一位衣冠不整、邋里邋遢、没心没肺、爱抽大麻和打保龄球的"老伙计"。整整10年后,布里奇斯凭借着在影片《星空访客》再次获得奥斯卡提名,但在本届和他同时获得奥斯卡提名的人是阿尔伯特·芬尼,很遗憾的是,阿尔伯特·芬尼同样是一位几乎达到神圣级别的演员,输在他手下几乎是一件毫无悬念的事情。

时间辗转来到2001年，这一年，布里奇斯凭着《暗潮汹涌》再次获得奥斯卡提名，这次，有无数的影迷和媒体看好布里奇斯，但最终他败给了《贩毒网络》中的那同样被称作不可战胜的本尼西奥·德尔·托罗。

布里奇斯的多次遭败，令影评家们也颇感愤愤不平，当年的《纽约时报》甚至评论说：杰夫·布里奇斯是他那一代演员里最具天分但却最少获得犒赏的人物之一，是最没有得到其应有价值的演员之一。

在历经四次影帝提名和四次失败后，布里奇斯已经50岁了。他的妻子和女儿都劝他说该退休了，但是他却拍拍胸脯说："我觉得我永远都是25岁。我拥有非常好的精神和力量。"

之后的日子里，他依旧认真工作，接拍了好几部非常不错的电影。2009年，布里奇斯在影片《疯狂的心》中出演一名乡村歌手，用登台演唱的方式倾诉自己的失意和悲伤，那几乎是一部描写他自己人生的影片。在片中，他的超凡演技终于得到了淋漓尽致地发挥。最终，2010年，在他61岁高龄时，他凭着在这部影片中的质朴表演，战胜了一大群实力派影帝热门人选，其中就包括主演《在云端》的乔治·克鲁尼和《单身男人》的科林·费斯，还有主演《不可征服》摩根·弗里曼以及主演《拆弹部队》的杰里米·莱纳。在经历了坎坷的40年从影生涯后，布里奇斯终于在步入花甲之年时得到了一个早就该得到的公道，证明了自我。

"把理想交给时间，我相信时间会说明一切。"回忆往昔，布里奇斯风趣而又意味深长地说："其实我还得感谢曾经那些不可战胜的对手，是他们给了我永远战斗下去的力量，你看他们都息影几十年了，而我却仍旧活跃在一线。"

骡子不会变成跑车

恩佐在 1898 年出生在意大利的一个赛车手家庭里，他在父亲的影响下渐渐长大，正在他满怀热情地准备像父亲一样做一位优秀的赛车手时，第一次世界大战爆发了，他被招进部队里负责养骡子。

几年后，恩佐退伍回到了家中，但这时家里已是一片疮痍，父亲和哥哥先后故去，为了生活，他走上街头想要找到一份工作。但那时候复员回家的年轻人实在太多了，他根本没有足够的运气找到工作。无奈下，他到一个农场里养起了骡子。养骡子的生活虽然悠闲自在而且能赚点小钱，但恩佐总是觉得无比空虚，这不是他真正想要的生活，但是严峻的就业环境容不得他有更多的选择。

就这样过了两年，有一次，恩佐像往常那样骑在骡背上赶着骡群到外面去放养，眼前的场景让他惊呆了：颜色各异的跑车，精神抖擞的赛车手，还有一条长长的终点线。原来好几家汽车公司正在举行一场跑车耐力赛，而终点恰恰设在这里。

眼前的一切让曾经梦想成为赛车手的恩佐兴奋极了，他骑在骡背上，幻想着自己正驾驶着一辆跑车在旷野中驰骋，但骡子的体力并不好，它很快就跑累，停了下来。恩佐正无奈地往回骑时，这时一位车手驾驶着跑车来到他的跟前说："请远离这里，这里非常危险。"

"对不起，我实在控制不住内心的激动，我多么希望自己是一位赛车手，可是我只能养骡子。"恩佐沮丧地说。

"你会驾驶跑车吗？"那位赛车手问，"我非常愿意把我的车子让你驾驶几分钟。"

"我会驾驶，但是我只能骑在我的骡子上，因为我现在只拥有这些骡子。"恩佐回答。

"那么，实际上你并不想驾驶赛车，是吗？"赛车手问他。

"当然想，只是我没有办法实现我的理想。"恩佐回答说。

"我想知道的是，骡子会变成跑车吗？"赛车手突然问了一个很奇怪的问题。

恩佐呆在那里不知怎么回答，赛车手笑笑说："既然你的骡子不会变成跑车，那么，你骑在你的骡子上告诉别人你会驾驶赛车，而且渴望驾驶赛车，却并不愿意从骡背上跳下来，你不觉得这很滑稽吗？"说完，他一移身子坐到了副驾驶座上去。

赛车手的这番话，给了恩佐一个很大的鼓励，他一咬牙从骡背上跳了下来，径直走向赛车，打开驾驶室门，恩佐慢慢启动了车子，油门渐渐加大，速度渐渐加快，他兴奋得大叫了起来……

十分钟后，他们回到赛车的骡群这边。意犹未尽的恩佐正准备开门下车，那位赛车手说："明天来 CMN 汽车公司报到，只要你愿意，今后你将成为本公司的赛车手。"

原来，这位赛车手的另一个身份是意大利著名的国家机器制造公司 CMN 的赛车会副主席。从那以后，恩佐就来到了公司从事赛车手兼试车手的工作。短短几年中，他凭着优秀的驾驶技术在各种大赛中出尽了风头，获得了数十场比赛的冠军，这让他不仅实现了自己的理想，而且还创造出了无限财富。

十年之后，恩佐想到了要生产汽车，然而一位赛车手如何可以成为一位汽车老板？在这个时候，他再次想起了“骡子是不会自己变成跑车的”这句话，于是决定致力一试，经过几年的准备后，他终于在1940年成立了自己的跑车公司，他把公司和跑车品牌全部以自己的姓氏命名：“法拉利”。他的跑车以速度和性能而闻名，在之后的岁月里被誉为“红色闪电”。

没错，那位把骡子幻想成跑车的恩佐，就是法拉利汽车的创始人恩佐·法拉利。

有些误会不须解释

居基·德·莫泊桑是19世纪后半叶的法国优秀批判现实主义作家,他曾写了无数的短篇小说,被誉为“短篇小说之王”,然而正是这位在世界文学史上占有一席不可替代地位的大作家,在相当长的一段时间里却被人骂成是“势利小人”“走狗”,甚至是“给文学丢脸的人”。

莫泊桑最擅长的是从平凡琐屑的事物中截取富有典型意义的片断,他那种以小见大概括真实生活的作品,非常受读者欢迎。从1880年起,基于莫泊桑在文学上的名气,有许多达官贵人来邀请他去做客或者参加上流社会的聚会与各种活动。

对于这些,莫泊桑从来都没有拒绝。从那之后,人们经常能在各种各样的上流社会的聚会中看见莫泊桑的身影,虽然他没有因此而停止写作,但是出稿率明显下降了。

“莫泊桑简直是在丢我们的脸。作为一个作家,竟然成天与那些权贵们混在一起。如此贪慕虚荣的人是再也不会有什么创作成就了。”当时,包括自然主义文学理论倡导者左拉在内的无数作家都对莫泊桑表示出了极大的不满甚至是鄙视。对于这些言论,莫泊桑就像是没有听到似的，依旧天天陪着那些高官和权贵们。

几年后，莫泊桑突然开始深居简出，谢绝所有邀请和应酬，闭门在家一连创作了《一生》《俊友》《温泉》《皮埃尔和若望》《像死一般坚强》《我们的心》等6部长篇小说，因为他长时间涉足上流社会，真正地见识到了上流社会的糜烂和奢侈生活，所以相比于其他作家，莫泊桑能从更广阔的背景里反映社会现实，笔触也从个人生活投向新闻界和政界。

而《一生》等6部作品，无一例外地深刻揭露了“第三共和国”的黑暗内幕，提示内阁要员从金融巨头的利益出发，欺骗议会和民众，发动掠夺非洲殖民地摩洛哥的战争；有力抨击了统治集团的腐朽、贪婪、尔虞我诈和荒淫无耻，在揭露上层统治者及其毒化下的社会风气的同时，对被侮辱被损害的小人物寄予深切同情。

人们这才明白，原来，莫泊桑热衷于和上流社会的达官贵人打成一片，并不是他贪慕虚荣，而是他要去发现和掌握这个社会的黑暗面。一时间，几乎所有批判过他的作家们和思想家们都上门表示致歉，可莫泊桑却只是轻描淡写地说一句：“有些误会不用解释，总有一天大家会明白，相反，我如果从一开始就不断解释，又怎么能了解上流社会的生活呢？如果不了解，又谈什么批判呢？”

俄罗斯文学的杰出代表、现实主义作家屠格涅夫后来用这样的话来评价莫泊桑：“他是一个入淤泥而不染的批判现实主义伟大作家。是19世纪末法国文坛上最卓越的天才。”

荡漾在5号病房的歌声

在智利康塞普西翁市西郊有一座医院，它是在震后最早恢复正常运行的医院之一。在三楼的5号病房里，住着一位名叫瓦格勃的年轻人。

瓦格勃在地震中受了伤，家里的房子也成了一堆废墟，他的父母都因被屋顶掉下来的建筑材料砸中而受了重伤，目前住在走廊那头的另一间病房里。

瓦格勃的邻床住着一位精神状态非常不错的年轻人，他的两只脚无法走路，只能躺在病床上，但他似乎一点也不担心自己的身体，成天微笑着，见人就打招呼，还总是喜欢与人开玩笑，整个病房似乎也因此而轻松了不少。

但瓦格勃的心情却糟透了，这天晚上，他又因为担忧着无数问题而失眠了：父母的身体会康复吗？出院后自己将去哪儿上班？家里的那一堆废墟虽然还能勉强找出一些生活用品来，但今后住哪儿……

直到天亮以后，瓦格勃才逐渐睡去，可这时，那位睡在邻床的年轻人却醒过来了，他睁开眼睛大声向大家问候，然后把头侧向瓦格勃说："伙计，天亮了。"

“有这么开心吗，你在这次灾难中尝到的苦头还不够吧。”瓦格勃正这样想着，那位年轻人又朝瓦格勃抛来一句：“伙计，天亮了，起来聊聊天。”

瓦格勃终于忍不住了，他把脸转向那位年轻人说：“你很开心吗？地震让多少人失去了家园，失去了亲人，失去了健康甚至是生命。你是在把自己的快乐建立在别人的痛苦之上，知道吗？”

那位年轻人听后愣了一下，面带愧疚地说：“真对不起，你能说说你的境况吗？”瓦格勃这才缓了缓口气述说起了自己在地震中所遭受到的一切，这让一旁的所有人都想起了自己，他们纷纷发出一声声的叹息，有的甚至还轻轻哭泣了起来，病房里的空气一下子变沉重了。

那位年轻人“嗨”的一声打破气氛说：“在这个时候我们为什么不开心一下？外面的救援队还在努力地工作，或许我们开心的笑容才是所有人都更加愿意看到的。”说完，他轻轻唱起了每一位智利人都会唱的《感恩之歌》。

“你太过分了。”瓦格勃坐到了轮椅上准备离开病房，在来到门口的时候，一对中年夫妇走了进来，在那位年轻人床边坐了下来。

“你当然开心，你看你的父母都很好，可是我的父母都住进了医院，甚至连家都没有了，还怎么开心得起来？”瓦格勃这样想着想着，在走廊上发着呆。不久，那对中年夫妇从病房里走了过来，瓦格勃仰起头来对着他们说：“实在抱歉，能叫你们的孩子别那么爱说笑，行吗？他有你们这么安然无恙的父母当然开心，但是我实在开心不起来。”

那对中年夫妇愣了一下，但是他们的回答却完全出乎瓦格勃的意料：原来他们并不是那位年轻人的父母，而是他邻居，他的父母都已经在地震中双双离开了人世，他们帮忙把年轻人的父母火化并安葬了，而现在，他们只是过来告诉他，他的父母被安葬的位置，最让他无法相信的是，医生在前一天晚上曾告诉那位年轻人，他将在今天下午被截掉右脚。在临走前，那对夫妇对瓦格勃说："他刚才对我们说他用笑声和歌声感染了整个病房，但遗憾的是他不知道怎样才能走进你的心里，让你也恢复心情。"

原来，年轻人是在强颜欢笑，他把巨大的悲伤和痛苦藏在了心底，而把微笑展露给大家，只是希望所有人在这场灾难刚过的时候，能从心底升起更多的乐观精神和更大的战胜灾难的信心和力量。

刹那间，瓦格勃觉得亏欠了他许多许多，他连忙往病房赶去，那里面，此刻传出了更加美好的歌声，只不过已经不再是那位年轻人的独唱了，而是整个病房里的人合唱。进入病房，瓦格勃和那位年轻人四目相对，相互露出了会心的笑容。瓦格勃也微微张开嘴巴，跟着大家一起轻轻唱起了那首《感恩之歌》……

太阳渐渐升高了，灿烂的阳光照到走廊上，照到病房里，伴着歌声，一切都是那么温暖而富有生机。

荷叶的承重力

一只蝌蚪掉了尾巴，它终于成长为一只小青蛙，从水底来到了水面。

它兴奋地看着四周的田野和头顶的蓝天，蹬着双脚游啊游，不知不觉就游累了。这时，它发现不远处有一株荷花，两三片荷叶浮在水面上，上面沾着几颗晶莹的水珠，一只蜘蛛停在上面，惬意地吸食着水珠。

小青蛙见状后，也想上去休息一下。但是刚刚来到水面上，还从来没有见过荷叶，也不知道荷叶有没有足够的承受力，于是它问蜘蛛："荷叶能承受得起我的重量吗？"

蜘蛛听了哈哈大笑了起来，说："当然承受得住。别说你了，就是再大的青蛙上来也没有问题，荷叶的承重力可大着了。"

小青蛙一听，正开心地想往荷叶那边游去，这时，一头大水牛在岸上冲着小青蛙大声喊："孩子，你千万不能跳上那张荷叶啊。它根本就没有什么承重力。"

"为什么这样说呢？"小青蛙问。

"上帝。我永远不会忘记那次可怕的经历。那还是在我很小的时候，有一次我也想跳上荷叶休息，结果只伸出一只脚就把它给踩下了水底……”大水牛心有余悸地说。

“那是真的吗？简直太可怕了，我再也不会想要跳到荷叶上休息了。”小青蛙说完，奋力地往岸边游去。

实际上，这张荷叶完全可以承受这只小青蛙的重量，它之所以没有跳上去，是因为它忽略掉了一点：只有亲身试过才是最可信的。

为“宝石”包一层海绵

有个小故事是这样说的：皇帝梦见自己所有的牙齿都掉了，于是召来智者为他解梦，智者说皇帝每掉一颗牙齿就会失去一个亲人，皇帝听了大怒，当即把智者赶了出去。皇帝又另外找来一位智者解梦，后面一位智者说：“高贵的陛下，你真幸福呀，这是一个吉祥的梦，意味着你比你的亲人们更长寿。”皇帝听后给了这位智者100个金币作为奖赏。

这两位智者讲的都是心里的真话，但是在于皇帝听来感觉却完全不同，因为前面一位智者自认为自己手中拿着的是真理，真理胜过一切，但是他没有想到的是就像桑塔亚那所说的“真理是一块宝石”，宝石很漂亮但也很坚硬的，随意扔到别人脸上会把人家砸痛。很明显，皇帝就是被“宝石”砸痛了，从而在内心里感到不快。而后一位智者所说的话在原意上与前一位智者并无二致，但是他在表达的时候却将想说的话进行了简单的包装，就像是在宝石上包了一层海绵，扔给谁都不会让对方觉得痛，最重要的是别人也能认识到这是一块宝石。

人人都喜欢听好话，即便是你说的完全是真理，也需要有一个巧妙的表达方式。这个小故事在很大程度上是在提醒我们“真理会砸痛别人”。这样去理解其实还忽略掉了另一个方面——即说出真理的人,在很多时候真正被真理砸痛的人正是那个手持真理的人。很多人在潜意识里认为一旦手持真理别人就一定会臣服,这在职场中也是非常常见的一种现象。

我那位年纪轻轻的上司是一位大牌商学院出来的高才生,因为我们一个小公司找个人才不容易,所以公司很快给他安排了一个高职位,如果不出什么意外,一两年以后升为部门经理是非常有可能的事。他的知识相当渊博,但是他在平时部署工作的时候,出言完全不顾我们这些下属的感受。于是他的真理总是在有意无意中不断地伤害着我们这些做下属的,以至于在短短半年后,同事们明知他说的是真理却不愿意听他的话,有时候甚至还故意反着干。之后公司老总察觉到这一现象后与他谈话,不料他却说:“我说的全是对的,他们不听是他们错。我可没有犯任何错误。”据说后来又谈过几次,但是都没有什么明显的改观,老总从大局出发,只得忍痛将这个高才生清出了公司。虽然我们这些下属在很大程度上也有错误,明知道上司说的是对的,我们也不愿意去听他的,明知自己是错的也不愿意改正,但是客观一点来讲也不能因此而忽略之所以产生这些抵触情绪的根源——上司在持有真理时的态度。关于这一点,任何一位明辨是非的老总都能意识到问题的真正所在。

在这一场上司与下属关于真理的交锋中,我们这些下属固然是被上司持有的真理态度伤害到了,但是完完整整看下来,真正被上司手中的真理砸痛的人是谁呢?其实正是他自己。

为人处世,假如你有一颗叫“真理的宝石”要抛给别人,那么请为这颗宝石包上一层海绵,这层海绵不仅不会让宝石失色,相反还能体现出你的一种人生智慧。

一粒雄伟的沙子

2010年4月1日，一场微雕展览在英国的格洛斯特郡举办。这是一场绝对意义上的“微雕展”，里面最大的作品只有一张报纸上的感叹号那么大，而最小的，则是以一粒沙子为原材料的雕刻作品。这些作品全部出自一位名叫韦拉德·约翰的艺术大师之手，让人难以想象的是，他是一位先天抖手症患者。

现年52岁的韦拉德就出生于格洛斯特郡这座城市，在出生后不久，父母就发现他的小手时常莫名其妙地快节奏抖动。在一家医院里，小韦拉德被诊断为患有“先天性手抖病”，这其实是帕金森病中的一种，患这种病的人动作缓慢，手脚震颤，严重时甚至会导致身体失去柔软性，变得僵硬。凭当时的条件，这种先天手抖症根本没有什么治疗的可能。韦拉德在吃着一些毫无作用的药物中一天天长大，直到两周岁时，他还无法长时间地拿着一只小皮球。上了小学以后，韦拉德的动手能力依旧是最差的一位，他甚至连一个很简单的单词都无法顺利写完，所以在学校里，从不会有哪一位老师要求他写作业，只要求他用心听就行了。

9岁那一年，韦拉德的父亲带着他去郊外的一座农场里访友。从未与泥土打过交道的小韦拉德在农场里显得兴奋极了，他独自玩起了一些小木棍和泥土，他用那双抖动的小手把一些湿泥搓成了一颗颗的丸子。那些丸子就像是一张张可爱的小脸，他就想到了要在上面刻出眼睛、眉毛、嘴巴、鼻子。韦拉德从地上捡起一支小木棍在泥丸上刻了起来，然而抖动的双手让他无法长时间做这些，手上的泥丸和小木棍一次次地滑落下去，他又一次次地捡起来，屏住呼吸，艰难地克制住手上的颤抖……

在这一次次的失败中，韦拉德发现，他手上的颤抖会随着自己的专注而减弱。两个小时后，他成功地在两个和乒乓球类似大的泥丸上刻上了一双眼睛和一个鼻子以及一只微笑的小嘴。父亲看见他"雕刻"出来的两件"作品"后惊呆了，尽管那一双眼睛并不对称，鼻子也过于庞大，但父亲依旧夸奖说那简直就是一件无可挑剔的艺术品。父亲的赞赏给了小韦拉德一个极大的鼓舞，从那以后，韦拉德就爱上那种小"雕刻"。有时候，他会选择用胶泥，有时候他会选择用碎木，他越是专注于雕刻，手的抖动越是能得到控制。在稍长大一些后，父母甚至还为他买来了不少的专业雕刻工具，并为他请来了一个课外辅导雕刻的老师。

毅力在雕刻中越来越坚韧，他手上的症状竟然也因此而逐渐缓解，到了韦拉德中学毕业的时候，他的天生顽疾竟然差不多消失了。在那之后，韦拉德多处拜师深造，雕刻技艺提高了不少，他甚至可以把一颗普通的小石头雕成一只海狮。韦拉德的名气越来越大，尽管在闲时，他的手依旧会不由自主地抖动，但那已经丝毫不会影响到它的雕刻了。

几年之后，韦拉德在格洛斯特郡办起了一个雕刻工作室，他的所有作品都栩栩如生，看过他的作品的人，几乎没有一位不被打动。但那时候，他的雕刻大多停留在不比玻璃珠小的东西上。有一次，他的母亲对他说:“你是成功的,但是你却不会有更好的成功,因为你不懂得进一步挑战自己。你要知道,你的作品越小,你的成功就会越大。”

母亲的话使韦拉德意识到自己在9岁那年突破了自我后,就再也没有向自己发出过挑战了。他随之做出了一个让母亲都感到万分惊讶的决定:用沙砾雕刻。

韦拉德准备了更加精密的工具和设备,在沙砾上雕刻和在石头上完全不一样,特别是对手部的稳定程度上,要求更高了。虽然这时的韦拉德症状好了不少,但要做到在沙子上雕刻,依旧是一件非常难办的事情。几乎过了整整一年时间,韦拉德没有成功过一次。他的母亲心疼地对他说:“我为我当初的话而感到抱歉,放弃吧。这是你无法做到的事情。”

然而韦拉德却并不这样认为,他在一次次的失败中觉得自己正在一步步走向成功。转眼三年过去了,在经历了无数次失败之后,韦拉德的第一件微雕作品终于成功问世了:他用了六周的时间,用一粒沙子雕刻出了一个“圣巴萨罗姆教堂”,这座教堂小得几乎无法用肉眼看清,甚至在把这座“教堂”放在一枚普通的针孔后,针孔依旧显得开阔无比。然而一旦用上放大镜的话,它又会显得无比壮观和雄伟,每个部分比例都无比精确。

韦拉德成了一位极其成功的微雕大师。在之后的岁月里,他先后用沙子雕刻出了白金汉宫、圣保罗大教堂以及“铁娘子”撒切尔夫人、首登月球的尼尔·阿姆斯特朗等无数的优秀微雕作品。去年,他还用沙子雕刻出了现任美国总统奥巴马的一家四口,被置入一枚24克拉金针的针孔中之后,让人仿佛觉得奥巴马一家正站在一个宽阔的洞口向人们挥手致意。

韦拉德的微雕展取得了巨大的成功，当天就吸引了约三千位参观者，其中就包括英国皇家雕塑家协会的主席布莱恩·福肯布里奇先生，他在参观之后用无比钦佩和赞赏的口气说："沙子变成了一座雄伟的教堂，这不仅是一种举世无双的雕刻艺术，更是一种坚韧不拔的人格魅力。毫无疑问，韦拉德本人就是一粒雄伟的沙子。"

·蒙娜丽莎的微笑

周末一早，我起床后就走进书房打开电脑赶稿子。

母亲从厨房里为我端来了早饭，帮我整理了书报纸笔，接着又帮我打扫地面卫生。母亲边做着这些，边唠唠叨叨地怪我生活太没有规律，太杂乱无序而且太不讲卫生。

我刚涌出的灵感被完全打乱，于是没好气地回应母亲说："安静一点，我忙着呢。杂乱也好肮脏也罢，不都已经长这么大了么。"

母亲并没有因为我自认已经长大而对我网开一面，她依旧不依不饶地指责我这里不对，那里不好。尽管我早就以优异的成绩从大学毕业并且拥有一份还算不错的工作，但在母亲眼里，我似乎总是一个不断犯错的小家伙。

我因为思路被打乱而烦透了，连早饭也懒得吃就走出家门来到了街上瞎逛。没多久，来到一家新开张的画馆，门口的一位老先生冲我友善地一笑，问我要不要进去坐坐。

反正也是闲着无事，于是我就走进去参观起了他的画馆。在一个不起眼的角落，我看见了一幅世界名画——《蒙娜丽莎》，这幅画出自意大利文艺复兴时期的达·芬奇之手，这我倒是知道的。作为一个圈外人，我对这幅画的唯一印象就是经常为人所提及的“微笑”。

说实话，在这之前我并没有仔细观看过《蒙娜丽莎》的任何一种版本，包括网站、书籍或画册上的。蒙娜丽莎的微笑究竟是怎么样的？我忽然有了一种好奇心，于是就走近去想一睹蒙娜丽莎的微笑，但让人遗憾的是，任由我如何紧盯着蒙娜丽莎的嘴角，都无法看出她在微笑。

“都说‘蒙娜丽莎的微笑’，为什么我没有在她的嘴角发现她有任何微笑？”我纳闷地说。

“你把目光移向她的其他部位试试。”老先生说。

当把目光从蒙娜丽莎的嘴部移到眼睛、脖子、头发等其他部位时，我发现蒙娜丽莎的嘴角竟然清晰地泛出了微笑，而等我把目光再次移向她的嘴部，那微笑竟又悄然消失了。“这太神奇了，为什么会这样？”我惊奇不已地问。

“达·芬奇在画《蒙娜丽莎》的时候，运用了特殊的绘画技法，使色彩中的色阶有层次地调和，在阴影处呈现出的细微变化，使蒙娜丽莎的微笑随观画者视线落点不同而时隐时现，观画者越是紧盯着蒙娜丽莎的嘴部，越是看不到微笑，而将目光移向嘴部以外的任何地方，她嘴角的微笑就显露出来了。”这时，老先生语重心长地说：“生活中其实有许多东西也是这样，你眼睛看见的是一个样，而当你尝试着从另一个角度去感受时，会发现它其实完全不同于你所看见的那个样子。”

不知怎的，老先生的话让我突然想起了母亲。是的，她很唠叨，有时候甚至有些烦人，她总在责怪我的种种不是，但其实细细想去，那又何尝不是对我的一种深切的关爱？然而刚才，我却因为她的爱而觉得烦人，独自一人走出家门，现在母亲的心里一定非常不是滋味。

我掏出手机拨通了家里的电话，在断续的嘟嘟声中，我决定在母亲接起电话的时候就对她说：“妈妈，我错了。我早就应该换一个角度感受您对我的爱。”

佩雷尔曼的拒绝

格里戈里·佩雷尔曼是当代的俄罗斯著名数学家。16岁时,他拒绝了美国耶鲁大学20万美元的奖学金和住房;26岁时,他拒绝了欧洲数学协会决定颁发给他的100万美元奖金;34岁时,他拒绝了美国克雷数学研究所承诺付出的100万美元"悬赏";40岁时,他拒绝了被称为数学诺贝尔奖的"菲尔兹奖"和100万美元奖金;44岁时,他再次拒绝了"千禧年数学大奖"和100万美元奖金。

让人难以想象的是,这位天才数学家目前的生活并不富裕,他和70岁的老母亲相依为命,靠着老母亲每月45美元的退休金过日子。有人给佩雷尔曼算了一笔账,以他现在的生活标准,他所拒绝掉的所有财富可以让他们母子衣食无忧地度过七千多年。

佩雷尔曼在1966年出生于圣彼得堡市,母亲是一位数学老师,佩雷尔曼从小就对数学特别感兴趣,在四五岁的时候就开始学习小学的数学课本。中学时,佩雷尔曼两次成为俄罗斯数学奥林匹克竞赛的优胜者,甚至在国际代数和几何奥林匹克竞赛中创造了至今没人超越的有史以来最高分——满分42分。美国耶鲁大学拿出一套住房和20万美元的奖学金，向只有16岁的佩雷尔曼发来邀请，但出乎意料的是佩雷尔曼竟然拒绝了他们：“我并不需要别人给我住房和奖学金。”

后来，佩雷尔曼进入了列宁格勒大学数学系。在大学里，他从不参加娱乐聚会，也不追求姑娘们，他甚至对自己的外表也漫不经心，最让人奇怪的是哪怕在冬天，佩雷尔曼也从不戴手套，而理由仅仅是为了能够方便地记下自己的各种奇思妙想和灵感。1987年，佩雷尔曼考取了圣彼得堡大学司捷克洛夫数学研究所，并在毕业后留在所里全心工作。

几年后，佩雷尔曼取得了一些足以引起了世界关注的成就，经常被邀请到国外讲学。1992年，欧洲的一家数学协会决定要为他颁发一项100万美元的奖金，但佩雷尔曼只在电话中用了一句“我暂时不需要那些”给拒绝了。而在这个时候，佩雷尔曼的心里早已经开始研究起“庞加莱猜想”了。“庞加莱猜想”是法国数学家亨利·庞加莱在1904年提出的，一百多年来，无数的数学家关注并致力于证实庞加莱猜想，但从未有人能提出过完整的解决方法。2000年5月，美国克雷数学研究所将其列为“七大数学世纪难题”之一，并制定100万美元的“悬赏”奖金。

从1992年开始，佩雷尔曼通过十年努力终于成功创造出全新的“庞加莱猜想”要领。按理说，此时的佩雷尔曼已经可以去领取那100万美元的“悬赏”了，但佩雷尔曼不屑于按研究所的要求在指定的科学杂志上发表论文，而是将论文刊登在网上档案馆，用“就是这样”几个字加以简单概括之后就不知所踪。整整四年，没有人知道他究竟隐居在哪儿。

2006年，学术界将佩雷尔曼列为数学诺贝尔奖“菲尔兹”的得主，人们千辛万苦地找到了他，然而当西班牙国王卡洛斯一世在3000名世界一流数学家面前，准备为佩雷尔曼颁发“菲尔兹奖”时，经济拮据的佩雷尔曼却在巨大的荣誉和奖金面前缺席了。媒体在报道这位数学天才的时候，甚至无法找到一张他的最新照片或者清晰的资料图片，于是只能普遍刊用一张不知摄于何年何月的模糊照片，半秃顶大胡子的佩雷尔曼两眼直愣愣地看着镜头。

转眼又是四年过去，2010年3月，佩雷尔曼又被美国克雷数学研究所定为“千禧年数学大奖”的唯一得奖人，相关机构辗转找到他的住处后，在门前贴了一张通知纸条，然而佩雷尔曼发现这张纸条后，却连房子都没有进就直接去了母亲家，在母亲的“保护”下继续过他平静的生活。

佩雷尔曼再次拒绝了这个全世界数学家都梦想得到的，“千禧年数学大奖”和100万美元的奖金。当相关人员向一位和佩雷尔曼做了7年邻居的女士询问时，那位女士惊愕得直呼：“天哪。他就是伟大的数学家格里戈里·佩雷尔曼吗？我们没人知道他的名字，他应该是个穷人，房子里面除了床、床头柜和电话，什么都没有。”

“格里戈里·佩雷尔曼的生命只属于他心中的信仰——数学。他不需要任何奖赏、资金和职位。”在最近出版的美国《自然》杂志上，有一篇文章这样评价佩雷尔曼。

拥有总比失去多

五十多年前，斯蒂芬·古德出生在弗吉尼亚州东部的一个穷困乡村里。迈克是他从小一起长大的伙伴，贪玩的迈克学习成绩非常糟糕，而斯蒂芬的学习却非常好。

后来，斯蒂芬考上了纽约一所名校。那天，迈克把他送到了通往纽约的公路上，看着来来往往的汽车，迈克羡慕地说："假如我也拥有一辆汽车该有多好。"斯蒂芬立即说："假如有一天我赚到大钱，一定送你一辆好车。"迈克随口说："好，那我等着喽。"

大学毕业后，斯蒂芬成了一位非常不错的地产推销员。在30岁的时候，他创办了一家地产拍卖公司，并在之后的20年时间里积聚了数亿美元的财富。除了从商，斯蒂芬还热衷于写作。在45岁的时候，他把自己的商业思维和智慧写成了一本名为《百万交易》的书，这本书一问世就被誉为"业界必读之物"。此时的斯蒂芬可谓春风得意，名利双收。

然而，好运并不一直陪伴着斯蒂芬。近两年来，一场全球性的经济危机，使得地产市场萎缩，他的公司也举步维艰。在这场海啸一般的经济危机中，斯蒂芬所有的努力都显得无济于事。终于，他确信，公司的破产不可避免——他绝望了。

2010年4月的一个清晨，身心俱疲的斯蒂芬驾车来到纽约郊外的一片森林里。小时候，他就是成天在这样的森林里和朋友玩耍。这时，他突然想起几十年前对迈克许下的那个诺言，多年来忙于工作，竟然差点把这件事给忘了。斯蒂芬看看自己的豪华林肯车，当即决定把它送给迈克。写完遗嘱后，他从口袋里掏出一支手枪对准了自己的脑袋，扣动了扳机……

一直留在家乡的迈克，也拥有了自己的小农场。可能是经营不善，虽然他很努力，但日子却过得紧紧巴巴。这天，当迈克从一位律师手上接过斯蒂芬赠送的林肯车时，兴奋得几乎发狂了。因为他平时只能开着那辆破旧的小卡车运送蔬菜，像这种豪华轿车，他几乎想都没有想过。当晚，迈克和他的妻子特地买来香槟庆祝。为了表示感谢，他拨通了斯蒂芬家的电话，此时，他才得知斯蒂芬已经离开了人世。

迈克呆住了，他怎么也想不明白斯蒂芬为什么会这样做，因为公司的倒闭吗？可是，仅仅是一辆豪华轿车，贫穷的迈克就感受到了无比的兴奋和满足，而实际上斯蒂芬即便是在破产后，他仅有的财富依旧足以拥有许多辆这样的轿车。

你在任何阶段所拥有的任何东西，都可能是许多人无法奢望得到的。即使你失去了公司，请别忽视，你还拥有一辆轿车；即使你失去了轿车，但请别忽视，你还可以衣食无忧；即使你连明天的早饭都没有着落，请别忽视你所拥有的生命……

是的。无论失去了多少，请记住，你所拥有的总是比失去的更多。

第五辑

别把快乐抱太紧

在走近车门的时候，不经意间，我看见一个熟悉的身影，他正蹲在车厢连接处翻看一张破报纸。我这才意识到原来那个小伙子整理了行李只是离开了座位，其实并没有下车。就在两个小时以前，他还死死地占着那个他认为能为他带来快乐的三人座位，但是现在，我却没有发现他脸上有任何快乐的神情，而且，我不明白他为什么当初连让出一点来给别人坐都不肯，后来他怎么自己都不坐了。

或许，是因为有时候想把某样东西抱得太紧，到最后往往失去的就是这样东西，包括那个小伙子所认为的“快乐”。

·废墟上的宣判

灾难毫无征兆地降临到了一个偏僻的山区小镇上，一夜之间，整个小镇因为这次强烈地震而成了一片废墟。

拉德法官是小镇上最受爱戴的人，他在地震后把灾民们带到了郊外的一座荒山上，等待着救援队的到来。然而，转眼一天过去，救援队仍旧没有穿过重重山险来到这里。拉德法官坐在一块最高的石头上，一边祈祷一边焦急地看着远方。

不少人在出逃时都多多少少带出了一些食物，他们各自坐在地上一小口一小口吃了起来。有一位老妇人，她抱着一位看上去还不足一周岁的孙子，默默地坐在一个角落里。他们已经整整一天没有吃东西了，饥饿使孩子连哭闹的力气都没有了。老妇人叹了一口气站起来，尽可能寻找她所认识的人。

“艾莉，你能给我一点食物吗？我的孙子，他已经一天没有吃东西了。”

“真遗憾，我和您一样已经没有食物了。”老妇人口中所称的那位艾莉，她用手紧捂着自己的口袋回答。

老妇人又来到一位名叫露伊的妇女身边，她正坐在不远处的一块石头上啃着面包，但露伊同样没有答应她的请求。“我只有这一点食物了，我必须要为自己留着，救援队不知道什么时候会到。”露伊说。

老妇人无奈地走开了，她看着孙子那茫然的小脸庞，心疼得流下泪来。她从地上摘了几片嫩草叶，揉了揉后放进小孙子的嘴里，她希望这几片草叶能够挡一挡孙子的饥饿，但遗憾的是幼小的孙子却很本能地把那几片草叶给吐了出来……

老妇人坐在一块石头上，她在不经意间看见不远处，有一位胖妇人正埋头打盹，在她的外套口袋里，露出一个面包来。

老妇人抱着孙子走了过去问：“我的孙子一整天没有吃东西了，你能给他半个面包吃吗？”

“不行，这个面包我还要当夜宵呢。”胖妇人继续埋头打盹，再不搭理她。老妇人在准备转身离开的时候愣了愣，然后悄悄弯下腰，把手伸向胖妇人口袋中的那半只面包……

“你偷我面包？”警觉的胖妇女一把抓住老妇人的手，朝四周大声喊起了起来，“我抓住一个小偷。”

人们纷纷从四面八方拥向这里。“这简直太可恶了，我们一定要把她交给拉德法官处置。”愤怒不堪的人们随着胖妇女，把老妇人带到了拉德法官的面前。

“拉德法官，现在是非常时期，你知道，一个面包可能联系着一条人命，这位小偷的行为实在是太可恶了，您必须要严惩她。”大家七嘴八舌地要求拉德法官严惩这位老妇人。

“他们说的是真的吗？”拉德法官问老妇人，“你可知道偷窃是一件多么可耻的事情？”

“我知道。可是我的孙子已经一整天没有吃东西了，我真的怕我的孙子会死去。我求助过许多人，可是全被拒绝了。为了能让我的孙子吃到几口面包，我宁可背上偷窃的罪名……”老妇人说着，惭愧地低下了头。她手中的孩子无精打采地翕张着小嘴，所有人都能看出来，他太饿了。

“你是说这位可爱的孩子？他一整天没有吃东西？”拉德法官惊讶地问，“而且你求助过许多人，全被拒绝了？”

“拉德法官，您赶快处罚这个可恶的小偷，维护我们小镇的正义吧。”不知道是谁在人群中喊。

拉德法官在原地沉默了，过了许久，他才感慨地说：“一场地震不仅让这座小镇成为一片废墟，难道把我们曾经友爱互助的善心也震垮了吗？偷东西确实有罪，但你们所有人，都犯了比她更严重的罪。”

“我们？”所有人都愣住了，他们不明白拉德法官究竟想说什么。“我们有什么罪？”有人问。

“你们都犯了‘冷漠罪’。你们知道，现在这个时候半只面包也可能会与一条生命相连，但是你们只看到了自己的生命，却没有想到别人的生命，难道你们忍心看着一位孩子被活活饿死吗？”

所有人都面面相觑，不知道如何回应是好。

拉德法官接着说：“既然知道面包能与生命画上等号，为什么却对一个幼小的生命视而不见呢，他只需要半个面包。所以我宣判：我们每一个拥有面包的人，都为这位孩子和每一位没有食物的人，撕下一片面包来。”

拉德法官说完后，转身从一个袋子里取出一个面包，撕下一小半递到了老妇人的手中。

在场的所有人都如梦方醒般地缓缓而动，他们纷纷从口袋中掏出食物，有的撕下一片面包，有的掏出几颗巧克力或者两片牛肉干，递向老妇人……

“我们应该不分你我，把所有的食物都集中到一起，这样尽管所有人都无法吃饱，但却每个人都能吃到。”胖妇女突然意识到了一点什么，大声提议着说。随后，她把口袋中的面包摆在了拉德法官身边的草地上，更多的人纷纷效仿起来，没多久，拉德法官的面前就堆起了一座小小的“食物山”。从这一刻开始，法德法官将肩负起看管这些食物的重任，并定时定量地分配给所有人。

“只要友爱互助，再大的灾难也无法从我们手上再多夺走一条生命。我们的食物一定能让我们坚持到救援队的出现。”拉德法官坚定地说。

在渐浓的夜色中，响起一片掌声……

没有比人更高的山

迪恩·波特出生在美国佐治亚州一个名叫格里萨的小镇上，他是一位内向且怯弱的孩子。

6岁那年，小迪恩在玩耍中从一块两米多高的大石头上摔了下来，导致左臂脱了臼。这次经历在他心里留下了阴影，对“高”也变得异常过敏和恐惧。

略大些以后，迪恩进入了镇里的小学读书。格里萨小镇四周都围绕着山，迪恩的学校就在一座小山脚下，同学们经常会爬到山上去玩，但是迪恩却从不参与。有一次，体育老师决定用一堂课的时间带孩子们去爬山，当然也为了能使孩子们从中增长知识。就在出发的时候，迪恩却悄悄地从列队中溜了出去。到了山顶后，老师发现少了一个人，大家赶忙到处寻找，直到返回学校才发现原来迪恩一直躲在教室里。

几乎所有同学都嘲笑迪恩是一个“胆小鬼”，没有人再愿意和迪恩一起玩游戏。他伤心极了，回到家后，母亲对他说：“你要做的不是伤心，而是改变和超越自己。”

“可是那么高的山是多么危险啊。”迪恩说。

“你是不是觉得我们家的房子比你更高？”母亲问他。

“当然。”迪恩回答说，“我肯定不会比房子更高。”

母亲笑笑，没有回答，她拉着迪恩来到楼顶说：“那么你看现在呢？”

迪恩看了看脚下的楼板，怯怯地说：“现在我比房子高了。”

“对。你要记住，世界上没有任何东西能比你高，只要你勇于攀登，哪怕是大山，它最终只能像这座房子一样被你踩在脚下。”

迪恩愣了愣，他仰起头来问母亲说：“您觉得我可以吗？”

“你怕的并不是高山，而是你自己。你只要战胜了自己，就能战胜高山。”母亲回答他说。

母亲的话给了迪恩一种很大的勇气，他决心要超越自己。他先是把目光瞄向了离家不远的一座小土丘，在母亲的陪伴下，他用了整整一个小时，手脚并用地登到了顶部。这虽然只是一座不算陡峭更不算高耸的小土丘，但迪恩却从中获得了前所未有的成就感，面对尽收眼底的小镇，心底那种对于“高”的恐惧也渐渐消失了。

从那以后，迪恩渐渐爱上了登山，从一座小土丘到学校旁的小山，再到小镇另一边的高山；从有母亲陪伴，到与同伴共行，再到一个人单独上下……所有的同学都惊愕不已，短短几年时间，一位曾经受他们嘲笑胆小鬼，成了一位不断向高处挑战的勇者。到了迪恩中学毕业的时候，他已经成功登上了以陡峭险峻而闻名的佐治亚山。

迪恩把目光投向了佐治亚州以外更多的高山险峰，并且磨炼出了一身几乎无人能及的登山身手，他还用了八年的时间，练就了一身高空走钢丝的本领。在之后的年月中，迪恩先后征服了美国的胡德山峰和被称为“美国屋脊”麦金利山峰，并在不用任何保护的情况下表演走钢丝和定点跳伞。

一位原本内向胆怯的孩子，成了一位名副其实、无所畏惧的大探险家。

2010 年 4 月 21 日，迪恩又在毫无保护措施的情况下，徒手攀上了瑞士的“欧洲第一险峰”的艾格峰，那是一座极为陡峭的山峰，刀削般的绝壁就连皑皑白雪也堆积不住。迪恩在海拔 3900 米的山顶穿上他的特制降落服，纵身跃下，如同一只自由飞翔的雄鹰扑向广袤碧绿的欧洲原野……

“我只是在超越自己。只要敢于挑战自己，世界上就没有比人更高的山。”当各地媒体都把聚焦对准迪恩的时候，他却这样轻松地说。

测试表上的选择

艾莉斯是普拉托中学的一位女学生,她是一位非常不礼貌的孩子,喜欢独来独往,而且脾气特别大,稍微有点不顺心就朝同学们发火甚至是骂人,因而,几乎所有的同学都不喜欢她,不愿意与她交朋友或者一起玩游戏。

那天,艾莉斯的心情似乎特别不好,她在下课后走出教室时,一位女同学不小心踩到了她的脚后跟,艾莉斯一把推开她,差点把那位同学推得摔倒在地,同学们愤怒地把这件事情报告给了罗特老师。

罗特把艾莉斯叫到办公室进行了批评和教育,但艾莉斯并没有意识到自己有什么不对,在走出办公室不久后,她写了一张纸条放在课桌上就离开了学校:艾莉斯决定退学了。

同学们看着她离开,没有人说一句话,也没有一个人去阻止她,甚至没有一个人把艾莉斯留下的纸条转交给老师。对于艾莉斯的离开,没有一个人觉得有什么不舍。

罗特老师在看到这张纸条后,来到了艾莉斯的家里,她正一个人在看书。“你不喜欢学习吗?”罗特老师问。

“不。我非常喜欢学习，但是，我不喜欢继续待在学校里，因为每个人都讨厌我。”艾莉斯说。

“我并不这样认为。我建议你应该跟我回学校，让同学们做一个测试，看看到底有多少人愿意你离开学校。”罗特老师说。

罗特老师带着艾莉斯回到了学校，他拿出一些测试表，在那些表上，写着这样的一道测试题：“艾莉斯想退学，你认为：1.我希望艾莉斯离开；2.我希望艾莉斯留下；3.无所谓。”

罗特把这些测试表拿到了教室里，10分钟后，他拿着同学们填写好的测试表回到了办公室，让艾利斯万万没有想到的是，除自己外，全班55个人，55张测试表上的勾，无一例外地都打在第二项的选择上：“我希望艾莉斯留下”。

“天哪。同学们竟然都希望我留下？”艾莉斯惊喜地叫了起来，她兴奋地对老师说，“我一定要留下来继续读书。”

艾莉斯重新走进了那间她走进走出无数次的教室，与往常不同的是，这次她是带着微笑走进去的。艾莉斯从心底感激同学们在测试表上所做出的选择。从那以后，她对待所有同学都变得友好和热心起来，脸上更是时刻都荡漾着友善甜美的微笑。逐渐，她和同学们之间建立起了深厚的友谊，所有同学都愿意和她一起游戏、玩耍，艾莉斯成为一位受所有同学和老师欢迎的人。

后来有一天，艾莉斯在清扫完教室卫生后，提着畚箕走往操场边的垃圾箱，远远的，她看见罗特老师也拿着一个抽屉，把里面一些废纸类的东西倒进了垃圾箱。

艾莉斯来到了垃圾箱旁边后，看见在罗特老师倒出的那些废纸里，竟然有一包小小的东西，她下意识地捡起来拆开一看，那里面是一沓似曾相识的测试表，上面写着：“艾莉斯想退学，你认为：1.我希望艾莉斯离开；2.我希望艾莉斯留下；3.无所谓。”艾莉斯一张一张地翻看过去，让她无法理解的是，那些测试表上的勾，全部都打在第一项的选择上：“我希望艾莉斯离开。”

艾莉斯明白了，罗特老师当初在办公室里给她看的，其实是他早有准备的，而那些真正的测试表，其实被罗特老师暗中藏了起来。那次，虽然同学们的选择其实是希望自己离开，但艾莉斯深信，如果现在让同学们再做一次选择，他们一定会真正地选择第二项——“我希望艾莉斯留下。”

是什么改变了同学们的想法？艾莉斯思考了很久之后终于明白，是自己的改变，改变了同学们。真正决定着同学们作出选择的，也不是别人，而是自己：你怎么样对待别人，别人就会怎么样选择和评价你。

自信塑造美丽

卡门·戴尔·奥利菲斯是一位80岁的美国老太太，然而，就是这位已经连老年证都持有20年的老人，却是一位至今活跃在时装界的超级模特。

卡门在1931年生出于美国纽约，在她还很小的时候，有一次，她在纽约的一个露天广场上看了一场时装表演，卡门立刻被那些美丽的模特和服装吸引住了，她幻想着自己也能成为一位美丽的模特，所以她向母亲要求进入艺术班学习，但遗憾的是被母亲拒绝了，因为在母亲看来，卡门只不过是个有着“两扇门一样大的耳朵和一双大丑脚”的女孩，她在将来别说是能成为一位模特，就是能有一份足以糊口的工作就不错了。虽然遭到了母亲的拒绝，但卡门却深信自己是美丽的。她有一头美丽的头发，明亮的大眼睛，还有白净的肌肤。母亲对她的否定，不但没有打击到她，反而还使她拥有了更大的证明自己的决心。

13岁那年，卡门在一次搭乘公交车的时候碰见一位摄影师，她大胆地走上前去打招呼，希望对方能够帮自己拍一些照片拿到杂志上去发表。“我非常乐意为你拍几张照片，可是我无法保证能把照片发表到杂志上。"那位摄影师这样告诉她。卡门点头表示理解，下车后，那位摄影师帮她拍了十多张照片，为了能尽量让这些照片发表，摄影师把这些照片交给了一家规模很小的杂志社，然而那家杂志社还是以卡门"不太上相"为由，拒绝发表那些照片。

卡门拿着那些照片一遍又一遍地看，心想：如果我真的不美丽，那位摄影师一定不会答应为我拍照。"我是美丽的，没有人可以否认这一点。"卡门对自己这样说。一年后，卡门拿着这些照片找到了一家大型时尚杂志社，两周后，卡门居然得到了那家杂志社一位女编辑的约见，那位编辑拂了拂她的头发说："你的脖子如果再长一点的话，我会直接送你去巴黎，但是……"或许是那位编辑不想把话说得太直接吧，她把话锋一转接着问，"你觉得自己美丽吗？"

"没有人可以否认我的美丽。"卡门说。

虽然卡门的脖子没能"再长一点"，但或许正是她的这种自信吧，那位编辑最终尝试性地答应让她做一段时间的时尚模特。卡门似乎天生就是属于T形台的，在经过了短暂的训练后，她一走上舞台就浑身散发出了与众不同的魅力。一个月后，杂志社正式聘请她为签约模特。从此，卡门开始了自己的模特生涯，并在第二年登上了(*Vogue*)杂志的封面，成为当时最年轻的(*Vogue*)封面女郎。

成年后，卡门的美丽得到了更加完美的展现：一米八的身高和修长的双腿可以使任何时装或成衣格外高档与华贵；她那威慑的蓝眼珠和棱角分明的面部轮廓可以为摄影师创造出一切想要的效果。卡门的工作心态也极好，哪怕是在连续赶场三次、走台18个小时后，她也不会产生任何一点关于脚痛或睡眠不足的抱怨。她的笑容总是温暖明快，她用整洁、谦逊和守时的专业态度，获得了所有人的尊重，这在很大程度更是增加了一个人的美感。

卡门成了一位无与伦比白天鹅，几乎所有世界大师和全球名牌都争相邀请她做品牌代言，而她本人，也以其尊贵典雅、超凡脱俗的独特气质获得了“冰山女王”的美誉，并且在此后的数十年里长盛不衰。她的照片更是以“无瑕”和“优雅”而至今频繁出现在(*Vogue*、*Bazaar*)等全球发行的时尚杂志中。

2010年，已经80岁的卡门，又先后在伦敦和北京的高级时装展览中惊艳全场。期间有记者问她是怎么做到青春长驻的，她说：“你只拥有了自信就拥有了一切，没有人可以否定一种用自信塑造出来的美丽。”

把粉笔横过来写

“股神”沃伦·巴菲特并不是生来就是股神，在相当长的一段时间里，他甚至是一位非常失败的商人。

20世纪50年代初，巴菲特从哥伦比亚商学院毕业后，用父亲给他的5000美元办了一家小公司，但遗憾的是，在之后的好几年里，他的公司经营异常惨淡，股票投资也一塌糊涂。

有一次，巴菲特自认已经把所学到的知识用得非常正确了，可是他还是被无情的市场给击败了，沉痛的打击再一次降临到他的头上。他落魄地来到他的老师身边，向老师倒了许多苦水后沮丧地说：“我已经用上了我所有的知识和经验，可是为什么我还是无法成功呢？”

他的老师名叫本杰明·格雷厄姆，是一位非常了不起的经济学教授。他听了巴菲特的话后，没说什么，只是把巴菲特带到了他曾经上学的教室里，然后拿出粉笔在黑板上画出了三个点，接着把粉笔交给巴菲特说：“请用一条线将这三点连起来。”

这简直是一件太容易的事情。巴菲特想不明白这与他的失败有什么关系，他有些纳闷地接过粉笔，然后轻易地画出了一条连接那三个小点的直线。巴菲特把粉笔交给老师说:“我把这三个点连接好了。”

格雷厄姆点了点头，没说什么，接过粉笔继续在黑板上画起了小点,这一次他画了三排,横竖各三点共九个小点,排列得就像是一个中国的“田”字形,无论横竖间距都足有8厘米。格雷厄姆把粉笔再次递向巴菲特说:“你再用粉笔画一条线,把这九个小点连接起来。”

这一次,巴菲特再也不认为那是一件简单的事情了,因为无论是横画还是竖画或者是斜着画，一条线最多只能连接起三个小点。他费尽脑筋,动用了所有几何知识,依旧无法做到用一条直线连起那三排共九颗小点。他无奈地对格雷厄姆说:“老师,这是根本不可能完成的任务。”

老师把粉笔接过去,然后像平常那样握着粉笔,把粉笔头对在黑板上问:“你确定无法用这支粉笔画出一条足以连接起这九个小点的直线?”

巴菲特再次想了想,最后确定地点点头回答说:“绝对不能。”

格雷厄姆听了他的话后，手指来了一个90度大转身，把粉笔横压在了黑板上,然后“唰”的一声划去,顿时黑板上出现了一条足有8厘米宽的直线,而这条直线,刚好把那9个小点全部都“掩盖”在了里面。

“现在你还能说这是不可能的事情吗？”格雷厄姆接着意味深长地说,“你认为粉笔只有一种握法,但事实上,它还可以横过来写,而这些,任何老师和书本都是没有教过你的。你所有的知识与经验也是一样,你不能用固有的知识做出死板的判断，所以你不能只按照理论走现实中的每一步,你必须要与众不同、独辟蹊径,只有这样,你才能获得成功。”

巴菲特愣住了,他万万没有想到,原来画一条能够连接这9个小点直线,只需要把粉笔横过来。老师那“与众不同、独辟蹊径”几个字深深地烙进了他的心里。

从那以后,巴菲特在日后的公司经营和股票投资中,先后创造出了一些例如“人越少，钓大鱼的可能性越高”“在别人恐惧时兴奋，在别人兴奋时谨慎”等独有的眼光和风格，并屡屡成功，被尊称为“奥玛哈的先知”。从2008年的美国《福布斯》排行榜开始，巴菲特那逾700亿美元的净资产一直远远超过卡洛斯·斯利姆·埃卢和比尔·盖茨，稳居全球富豪榜首。

巴菲特在自己的《名言语录》里，用这样一句话对他的“股神人生”做了精妙概括与剖析：“创新能力比丰富的知识更具价值，有时候只需把一支粉笔横过来写，就能轻松解决全世界数学家也无法解决的问题。”

导游的早餐

五一节，我和妻子去北京旅游，逛了一天故宫后，我们又在一家旅行社里登记了次日去八达岭长城。

次日天还没全亮，我们就早早起床，吃过早餐后，旅行社的小车就到了，司机把我们送到了旅游车的上车点。这趟车的导游是一位20岁出头的姑娘，她直到发车前的几分钟才姗姗来迟，然后匆匆忙忙在车外的早点摊子上买了几个包子和油条、牛奶之类的早餐后，也顾不上吃就登上车子，她把早餐袋子扎紧，塞进了一个手提纸袋中，然后用最快的速度核实人数后，刚好到了发车时间。

车子不紧不慢地向前开去，导游开始向旅客们介绍起沿途的高楼大厦，以及一些旧居老宅的历史。出了北京市区后，就没有了那么多特别值得介绍的地方，于是她就开始和大家聊家常，顺便向大家介绍一些出游知识。这时，我猛然想起来她搁在一边的早餐，于是提醒她说："你赶紧吃早餐，待会儿要凉了。"

她微微一笑说："没什么，我现在吃不下，稍后再吃。"在接下来的聊天中，我们知道了她差点迟到的原因，她虽然能说一口不错的英语，但实际上她还经常会遇见许多不会说英语的国外游客，于是利用休息时间自学起了法语、日语，并且都已经能或多或少地运用到工作中来了，所以她的睡眠时间总是比较少。末了，她开朗地笑着说："但无论如何，我不会迟到，更不会影响我为大家做向导的精神面貌。"

年纪轻轻如此上进，不由得让人对她刮目相看起来。就这样，在轻松愉悦的气氛下，车子一点点接近了目的地，可能是车轮压到路面上的一块石头吧，车子震了下，这时我忽然发现导游随着这一震而皱了一下眉头，然后用手轻压了一下腹部，她显然是太饿了。但她很快恢复了笑容，为大家介绍外面的景色，和大家聊天。

没多久后，车子终于来到八达岭，下车后有十分钟的自由活动时间，大家纷纷在山脚下一块写有"八达岭"三个红色大字的岩石边留起了影，而导游也直到这时才把那份早已凉凉的早餐拿出来，走到一边去吃了起来。

"其实你早就很饿了，可是为什么非要到下车后才吃呢。"我不解地问她。

"我确实很饿了。"她的脸微微一红，接着说，"但是我不能在车上吃。"

"真是个傻姑娘。为什么不能在车上吃呢？"妻子也接过话去问她。

"因为车子是封闭的，在里面吃早餐，吃的人会觉得那油炸味和葱酱味很香，但闻的人却会觉得很不舒适，甚至会导致一些人呕吐、晕车。"导游带着一丝腼腆的微笑接着说，"您说，我还能在车里吃吗？"

我这才明白过来，原来她在挨饿的时候，想到并不是早餐会不会凉却，而是在想会不会让别人觉得不适。她告诉我说这是一位导游应该具备的素质，但我却觉得这更是一种精妙的做人学问：我们在满足自己某些欲望之前，是不是都应该先想一想身边人的感受？

做一个优秀的失败者

哈莉·贝瑞是美国好莱坞的一位黑人女明星，从小，她就被人们称为是一颗最美丽的“黑珍珠”。

贝瑞在17岁的时候，就在全美“青少年小姐”评选中夺得第一名，第二年又获得“俄亥俄小姐”和“美国小姐”的称号，并且在同年的世界小姐服装竞赛中勇夺第一名。凭借着这些，贝瑞顺利的进入了好莱坞演艺界。

努力了多年之后，贝瑞的出色表演得到了观众们的认可，从1993年起，就先后凭着《红颜血泪》等影片获得了金球奖、艾美奖、电视影片类最佳女主角奖等诸多奖项，还曾在1999年获得了银屏演员协会最佳女演员奖。贝瑞成了一位不折不扣的当红女明星，先后7次入选美国《人物》杂志评选的“50个最美丽的人”。

幸运之神似乎总是能给予贝瑞一些特别的眷顾，她渐渐地开始高傲起来，似乎自己无论怎么做都是最优秀的，于是再也不去努力工作，更不去追求什么表演艺术。转眼间几年过去，让她沮丧的事情终于不可避免地发生了。

2005年2月26日，命运将贝瑞彻彻底底地抛进了人生的谷底。在第25届金酸莓电影奖的“最差奖”颁奖仪式上，她主演的《猫女》被评为“最差影片”，她也被评为“最差女主角”。金酸莓电影奖设立于1981年，专门评选“最差”影片、“最差”导演和“最差”演员等奖项，并且举行颁奖仪式，给“获奖者”颁发奖杯。对于这个带有讽刺意味的奖项，好莱坞明星们从不正眼相看，更不曾有人亲手接过授予自己的“最差主角”奖杯。

哈莉·贝瑞接到这个获奖通知后，很快意识到光靠伤心和沮丧没有任何意义，与其是逃避，还不如勇敢面对。她这样告诉自己：“失败，也可以是一个崭新的开始。”

颁奖当天，贝瑞从容地走上领奖台接过了那个金酸莓“最差女主角”的奖杯，成为第一位亲手接过此奖杯的好莱坞女影星。随后，贝瑞发表了这样的获奖感言：“上帝。我从来没有想过会来到这里领奖，这虽然不是我的理想，但我仍然要感谢所有人，因为这是一笔最珍贵的财富。请相信，我不会因此而停下来，我今后一定会带给大家非常精彩的表演。”

这番话让所有人都动容了，现场响起了持续而热烈的掌声。不少记者甚至围住她，不乏敬意地问她为什么不怕丢丑敢前来领奖，贝瑞说：“作为一个演员，不能只想着听别人的赞美之词，而拒绝别人的批评和指责。现在我有勇气领回金酸莓奖杯，将来我也一定可以领到奥斯卡的最佳女主角奖。”为此，在之后的媒体中，她被称为是“最优秀的失败者”。

领回奖杯后，贝瑞把它放在了床边的柜子上，让它每天都面对着自己，一看到它，贝瑞就觉得特别清醒，特别有动力，她把这当成了一种不断鞭策自己上进的力量。她重新振作起来，以全新的姿态投入工作，对于自己的表演也有了更严格的要求和更明确的追求。在拍片现场，有时候就连导演都觉得无可挑剔了，但她却觉得还是不行，非得让导演重新来过不可。逐渐，她的表演再次得到了影迷们的认可，各种赞美又像雪片一样向她飘去，但这时，贝瑞再也不因此而自恃高傲了。

就这样，坚持了几年之后，哈莉·贝瑞凭借在电影《怪物午宴》中的精彩表演，在2010年的82届奥斯卡金像奖颁奖典礼上，获得了奥斯卡“最佳女主角”奖，这不仅开启了她自己的人生新局面，更在奥斯卡颁奖的历史上翻开了崭新的一页：一扇向黑人女演员关闭了74年之久的奖励大门终于敞开了，哈莉·贝瑞成为奥斯卡历史上的第一个黑人影后。在领奖台上，贝瑞手捧奥斯卡小金人，兴奋地高高举起。

美国《电影周刊》在随后的报道中，用这样一句话对贝瑞的成功进行了精妙概括和评析：“要成为一名成功者，有时候，首先是要学会做一位最优秀的失败者。”

结不出最甜的果，那就开最美丽的花

迪迪·艾伦是受全世界公认的电影剪辑大师，她发明的诸多剪辑技术被全球电影界广为沿用，堪称是“电影剪辑艺术的创造者”，其中最著名的便是“错位剪辑手法”。

艾伦年轻的时候，曾是一家音像公司的普通工人，结婚后随着爱人来到了好莱坞一家电影公司打工，出于对音像工作的特别热爱，她跟着好莱坞知名电影剪辑师罗伯特·怀斯学习。

有一次，罗伯特·怀斯带着她一起参与电影《江湖浪子》的剪辑，因为艾伦此前并不是好莱坞圈中人，而且也从来没有受过专业系统的教育和培训，所以罗伯特·怀斯只让她负责一些很微不足道的零碎事情。艾伦兢兢业业地努力工作，甚至在别的同事们都已经下班后，她还留在剪辑室里加班。

罗伯特·怀斯被艾伦的认真打动，于是决定给她一个机会单独负责剪辑一小段只有六分钟长的影片。然而没有想到的是，就是这么短的一段影片，艾伦都没有出色地完成，她甚至还犯了一个非常不应该的错误：在从一个镜头切换到另一个镜头的时候，第一个镜头中的声音竟然延续到了第二个镜头中去,并且长达三秒钟。

这个错误在电影中所导致的结局是:主人公驾驶汽车逐渐远去,镜头随之切换到已经到达目地的场景,而这时却依旧可以听见第一个镜头中的汽车声。

影片导演阿瑟·佩恩和剪辑师罗伯特·怀斯非常生气,特别是罗伯特·怀斯,他把这段影片往艾伦面前一扔说:“把你所犯的错误剪掉。”

艾伦沮丧极了,正在她准备剪去自己所犯的那个错误时,她忽然看见窗台上的一个小盆景,那是一株地莓,它曾经生长在艾伦家的园子里,只是别的地莓都能长出又甜又红的果实,唯独这株地莓不会结果,只是它虽然不会结果,却能开出特别鲜红的花朵。也是因此,艾伦才把它移植到了花盆里,成了一株美丽的盆景。此刻,鲜红的地莓花正映着窗外的阳光轻轻摇曳,显得特别优雅和美丽。

如果说不会结果是一种错误,但就在这种错误中,它却开出了最美丽的花。想到这里,艾伦怦然心动。

她开始重新审视起那段影片,在连续看了几次之后,她猛然意识到:这个错误的本身,其实就是一朵最美丽的地莓花。

按照传统的技法,在镜头切换的同时声音也随之戛然而止,艾伦却把声音延续到了第二个镜头中,而这不仅能巧妙糅合由镜头切换而产生的断裂感,还能更加有序地连贯电影节奏。

艾伦由此而举一反三地想到,有些时候,把第二个镜头中的声音提前一点出现在第一个镜头的结尾处,也是一个能巧妙显示电影节奏的手法。于是,整个晚上,艾伦不仅没有把她所犯的错误剪掉,反而把这个“错位剪辑”沿用到了每一个切换的镜头中。

第二天,当大家看了艾伦剪辑的这段影片后,包括导演阿瑟·佩恩和罗伯特·怀斯在内的所有人都被这种效果惊呆了,阿瑟·佩恩立即决定由艾伦全权负责,把这种剪辑手法运用到整部《江湖浪子》中去,这使艾伦的“错位剪辑”得到了更加淋漓尽致地发挥。影片上映后,这种剪辑效果不仅让所有观众的耳目一新,甚至引起了电影同行们的关注和沿用,一场电影剪辑艺术的革新悄悄开始了。

在经过接下来的《雌雄大盗》《热天午后》《冲突》等一系列的影片后,艾伦的剪辑才华更是得到了全世界观众和电影同行的认可,她成为电影剪辑史上一颗耀眼的明星。

前不久,已经86岁高龄的迪迪·艾伦在美国病逝,在悼念仪式上,司仪对艾伦的人生态度和电影贡献作了这样的盖棺定论:“她深信这个世界上没有真正的错误,只有被忽略的智慧。即便是一株无法结出果实的地莓,也不要轻易扔掉,因为它可能会开出最美丽的花朵。”

将军的银币

将军率领着一支只有三千人的军队赶往西北疆。

将军的马鞍一侧，挂着一只钱袋。没人知道将军带着这些钱去战场有什么用。

这个国家已经实在调遣不出更多的兵力了，它的东界和南界都有外敌侵入，国王几乎把所有的兵力都派到了那两个战场。

几天前，西北疆又来了一支外敌，并且很快占领了一座小城池。

如果让他们顺势而入，国家很快将要灭亡。国王在无奈之下，只能派出这支只有三千人的皇宫护卫军，让他们前去收复那座沦陷的城池。

国王知道，眼下的战役都是双方的最后一搏，只要能挺过这一关，敌军就再也没有攻击能力。只要敌军一退兵，就意味着自己国家取得了最后的胜利。

国王也知道，那座沦陷的小城，驻守着一支足有三万将士的敌军。派一支只有三千人的军队去收复，如同是让他们去送死。只是，即便他们不出发，一旦敌军攻入，他们的结局一样是死。

与其等死，不如抗争。哪怕是送死一般的抗争。

翻过无数座山，蹚过无数条河。一天傍晚，他们经过一座基督教堂，再往前走一段，就是那座沦陷的小城了。

将军下令在教堂前停下休息，养精蓄锐。

“你们有取胜的信心吗？”将军站在教堂前问士兵们。

没有人回答。

确实。一支只有三千名士兵的军队，要从一支相当于自己十倍兵力的军队手中收复城池，谁也没有足够的取胜信心。

“如果没有信心，那我们解散军队，大家各自逃生去吧。”将军又问。

“不。身为士兵，我们就是死也要死在战场上。”一听说要做逃兵，士兵们纷纷站起来，激动地说。

“既然这是一场不可避免的战争，既然我们谁也没有取胜的信心，那就请上帝来告诉我们答案吧。”将军从马鞍上取下那只钱袋，他从里面掏出一把白灿灿的银币，然后在胸口画了一个“十”字，大声而虔诚地喊：“如果我们能够取胜，那就让这所有的银币都正面朝上吧。”

将军将手中的硬币一把抛向了空中。

这一把银币最起码有五十多个，落下来后，它们根本不可能全都正面朝上。虽然士兵们这样想着，但随着银币“咣”的一声落地，他们还是不约而同地向地上投去了企盼的目光……

“天哪。上帝说我们将赢得这场战争。”将军和所有的士兵们一起，兴奋得跳了起来。是的，怎能不兴奋？地上的每一个银币，都是正面朝上——铸有国王的头像。

如果扔出的是一个硬币，你可以说是碰巧；如果扔出的是两个银币，你可以说是运气；如果扔出的是三个银币，你可以说是运气特别好。但是，扔出的是五十多个银币。这五十多个银币全部正面朝上，除了是上帝的旨意外,还有别的可能吗?

“我的士兵们,擦亮兵器,迎接那场即将给我们带来胜利的战争,收复我们的国土吧。”将军大声地喊。

士兵们都满脸希望地开始擦拭兵器,而将军,则把地上的银币捡起来,装进他的钱袋……

次日凌晨,在一声冲锋号角中,他们冲向了那座被三万敌军驻守着的小城。战斗开始了。他们没人去想双方的兵力有多悬殊,没人去想会不会战亡于此,他们只知道,上帝认为他们最终将赢得这场战争。

经过一天一夜的顽强奋战,敌军死伤无数。敌兵们似乎从来没有碰见过如此英勇的军队,最后剩下的一些残兵败将,只能落荒地弃城而逃。

他们果然赢得了战争,顺利收复了沦陷的国土。尽管,这支三千名将士的军队,现在也只剩下了不到一千人。

士兵们忽然想起来,他们已经有小半天没有看见将军了。他们到处寻找,最终在一个遍布尸首的小巷里找到了将军,看得出来,这里曾经发生过一场残酷地厮杀。将军和他的马一起,倒在血泊中。

旁边的地上,放着一只钱袋。袋口已经松开,但很显然,士兵们并没有发现这一点。

“这是将军的遗物,我们要把它带回去。”一位士兵说。他弯下腰去拾起那只钱袋,就在这一瞬间,里面的银币“当啷啷”地滚落了一地。

士兵们纷纷弯腰去捡,但是,每一个捡起银币的士兵都愣住了。他们到这时才发现,那些银币根本没有反面,他们的两面都是正面——铸着国王头像的图案。

绿水晶里的红心斑

恩雷特是这座英格兰小城里最受爱戴的人。

他是最有名的古董收藏家，也是最有钱的富翁，而且还是这座小城里最大的慈善家，他出资建造过两所小学和一座敬老院，他还曾无数次出钱请医生为贫困的穷人们治病。

有一点很遗憾，恩雷特的夫人不能生育，他们一直没有自己的孩子。眼见着自己的年纪一天天增大，恩雷特决定要收一个养子，以便将来有人能继承他的财产。

恩雷特把消息公布出去后，不到十天就有一百多个十来岁的孩子报了名，他们的父母有贫民，有流浪汉，也有富商甚至是政客。

恩雷特初选了50位孩子，然后在一个炎热的中午，把他们带到了一个大院子里。

那是一个奇怪的院子，里面像小山似的堆了许多石块、泥土和沙砾，那里面搅拌着许多小首饰、小挂件和小玉石。在院子另一个不起眼的角落里，零零散散地放着一些煤球和一只炉子，炉子上，架着一把茶壶。

“孩子们，在这个院子里面，只有一样东西是最值钱的，当把那件东西对着太阳看的时候，能发现中间有一块红心斑。谁最先找到那个东西，我就认为谁最有发现财富的眼光，那么他也就是所要找的人。”恩雷特说。

孩子们争先恐后地爬到大石堆上，他们开始手脚齐用，挖啊、刨啊，捡起这个对着太阳照照，捡起那个对着太阳照照，炎热地太阳晒得他们满头大汗，甚至浸湿了他们的衣裳，但没有人愿意就此放弃，他们继续努力寻找着。

这时，一位小男孩抬头看了看伙伴们，走下石堆问恩雷特说：“恩雷特先生，您这儿有茶吗？我想为他们倒一杯茶，大家都很渴了。”

恩雷特对这位小男孩有些印象，他的父母在很早以前就离开了人世，这些年来一直跟着善良诚实的爷爷生活。“茶？没有。”此刻，恩雷特不愿意与他说太多话。

“我看见那边有一只茶壶，我能去烧水吗？”小男孩朝那个角落里指了指说。

“茶壶里面本身就装有一壶冷水，你可以直接烧。”恩雷特一边从口袋里掏出火柴一边问，“你难道不怕别人比你抢先找到那件最有价值的东西吗？”

“天气这么热，我能帮大家烧一杯茶，同样也是一件很有意义的事情。”小男孩接过火柴，走到那个角落里生好炉子，烧起了开水。

茶壶里的水没多久就开了，为了使它尽快冷却，小男孩还提起那只茶壶，把茶壶的一半浸入冷水中……

就这样，开水很快变成凉茶，小男孩拿来杯子，一杯杯地逐一给小伙伴们递茶，等所有人都喝过以后，他又为恩雷特倒了一杯。然而，等他想要为自己倒的时候，茶壶里已经没有水了。

小男孩晃动了几下茶壶,希望能倒出最后几滴水来,就是这几下摇晃,茶壶里却隐隐传出类似小石头“咔嚓咔嚓”的撞击摩擦声。

小男孩打开一看,里面竟然是一块翠绿的水晶,小男孩好奇地拿起来往天上一照,他顿时兴奋得大叫了起来:“我找到了,这里面有一块红心斑。”

恩雷特用赞赏的眼光看着这一切。是的,小男孩找到了这块有红心斑的绿水晶,而对于恩雷特来说,他也找到了他希望找到的人。恩雷特站起身来宣布,他将收这位烧开水的男孩为养子。

“谁知道你会把绿水晶放在茶壶里?他是碰运气找到的,不算。”有许多孩子不服气地说。

“不。因为在所有人当中,只有他心里藏着关心与爱,也正因如此,他没有刻意去寻找,却在无意中找到了。”恩雷特说,“爱心才是最宝贵的东西,就像这块绿水晶,本身是一块非常普通的水晶,但正因为它的中间有一颗红心,所以才变得异常珍贵。”

这时,孩子们终于明白,其实恩雷特真正想让他们找到的,是一颗爱心,因为只要拥有爱,就拥有了一切。

·不能奔跑了，那就坐上轮椅飞翔

10年前，在山西太原市的一所小学里有一位名叫陈思的小姑娘，酷爱跑步运动，只有12岁的她，却早已经为学校取得无数跑步比赛的荣誉，做一位长跑女运动员成了陈思最大的理想。

命运似乎总爱和有理想的人开玩笑：在一次放学途中，一场车祸永远地夺去了她的双腿，陈思的跑步梦彻底地破碎了。

原来活泼开朗的陈思一下子变得沉默寡言，看着同学们尽情地奔跑玩耍，她那幼小的心灵就有一种说不出的痛。在长期的孤独和自卑中，陈思读完了高中，同学们都找到了合适的工作，而她却数十次求职都被拒之门外。陈思失落和无助地把自己关在房间里，甚至渐渐丧失了继续活下去的勇气。有一次，她在自己的手腕上连割了三刀，幸亏被家人及时发现送往医院，才从死神手里拉回了一条命。在病床上苏醒过来后，母女俩相拥大哭。

后来，太原残联的一位领导来看她，并开着车带陈思出门散心。那次，陈思见到了许多残疾朋友，他们都坐在轮椅上，有的能拉一手好提琴，有的能写一手好书法，甚至还有在参加劳务加工。在和他们的交谈中，陈思的脸上浮现出了久违的微笑，她在心里暗暗想：“我也一定能找到一件适合我做的事情。”

不久后的一次，陈思从网上看到一段美国残疾人表演“轮椅舞”的视频，轮椅舞是一种残疾人在健全舞伴的合作与辅佐下表演的舞蹈，兴起于20世纪60年代的英国，后来被国际残奥委确定为残疾人运动项目，这项舞蹈虽然在欧洲、美洲以及亚洲的韩国和日本已经非常风行，但在中国却还是一个新名词。看着视频里优美的舞姿，陈思心里一阵激动：既然我不能奔跑，那为什么不坐上轮椅跳舞？

就这样，陈思悄悄地跟着视频学起了轮椅舞，虽然没有舞伴，但许多可以独立完成的动作她还是练得有模有样，还经常参加省、市各级残疾人活动，生活慢慢变得丰富起来。

2008年12月，一个意外的消息使陈思真正与舞蹈结下了不解之缘——中国残疾人奥林匹克运动管理中心要来山西省招轮椅舞运动员。残联将陈思报送了上去，到北京参加全国轮椅舞蹈集训选拔。陈思兴奋地大叫了起来。

陈思在北京只参加了为期三天的舞蹈培训，就以优异的成绩获得了参赛资格，然而开赛在即，她却连自己的舞伴也没有。回到家后的陈思只有干着急，这时，一位名叫孙昊的人走进了陈思的世界，他是一位已经有15年拉丁舞蹈经验的小伙子。他无意中听说了陈思的事情，于是决定要帮助这位坚强而且有理想有追求的女孩实现梦想。

训练很快开始。陈思每天坚持练十多个小时。因为陈思经常要在瞬间抓住高速旋转的轮子，她的双手被划得伤痕累累，长满血泡。有一次，孙昊拉着陈思做旋转四周的动作，由于力度没有把握好，竟将陈思连人带轮椅一起甩了出去，然而，被摔得眼冒金星的陈思，竟面带微笑地安慰他说："没关系，这点疼算什么呀。"陈思练得浑身是伤，但却从来没有因此而想过放弃，她咬牙坚持着。也正是这种刻苦训练，陈思的舞技得到了飞速的提高。

2009年3月20日，国际轮椅舞蹈公开赛在北京开赛，陈思和舞伴孙昊配合默契，以优美的动作，高难度的飞旋技压群雄，获得了第三名。比分出来后，首次参与国际大赛的中国队沸腾了，这个成绩一举填补了我国在轮椅舞蹈领域的空白。初战告捷，陈思在短暂的喜悦之后，立即又更加努力地投入舞蹈训练。

天道酬勤。前不久，陈思又接到了在日本举行的国际轮椅舞大赛的邀请，陈思挂掉电话后激动得连话都说不出来。她的舞伴孙昊得知后，当即拍着胸脯表示无论如何也要陪她参加这次比赛。接下来的日子里，陈思恨不能马上赶到比赛的日本，但是烦琐的出国手续直到开赛前的两天才被批下来，匆匆赶到日本，连集训的时间都没有就开赛了。所以比赛时，陈思心里有些紧张，生怕和舞伴配合不够默契。这次国际比赛分初赛、复赛和决赛，虽然没有经过集训，但扎实的功底还是让他们在初赛中就拿到了第二名，直接进了决赛。决赛结束后，陈思和孙昊在舞台上焦急地等待着比赛结果。这时，一名日本工作人员走过来对陈思说了一串儿日语，这让陈思听得一头雾水，一旁的香港选手却兴奋地拍拍陈思的肩膀，为他们翻译说："你们得第一名了，一会儿颁完奖，主办方希望你们能上去展演一下。"

不久，主办方宣布比赛结果，果然是陈思和孙昊夺得了第一名，在中华人民共和国国歌声中，两人激动得相拥而泣。领奖之后，陈思和舞伴就上去单独展演，这让陈思觉得无比自豪，音乐声再次响起，陈思在轮椅上跳起优美的舞蹈，那种美妙的感觉，让陈思觉得自己就像是一只大鸟，正在蔚蓝的天空上自由飞翔。当展演结束时，她已经泪流满面……

载誉归来的陈思并没有因此而满足，她又有了更新的梦想：希望将来自己能做一名轮椅舞教练，让更多的残疾朋友能和她一样，在轮椅上舞出精彩的人生。

阁楼上的紫罗兰

桑德罗从3岁开始就表现出了对绘画的独特才华，他8岁时就在家乡——意大利的佛罗伦萨市办过画展，到了中学毕业的时候，他已经成了一位远近闻名的小画家。

桑德罗的艺术细胞似乎与生俱来，除了在学校里接受一点对他来说可有可无的教育外，就再也没有跟谁学过画画。为此，他享有着“绘画天才”的称号。

包括桑德罗自己在内的所有人，都认为他将来一旦正式投入绘画事业，很快就会成为一位国际绘画大师。桑德罗从学校毕业后，就在佛罗伦萨市经营起了一家画廊，全身心投入创作，但遗憾的是，并没有像大家设想的那样乐观，连续5年，他的画都没有打出什么名气，甚至连一些小型的画展都不屑于向他发出邀请，他的画廊经营也每况愈下。

桑德罗的父亲提议他去找几个好老师学习，抱着试试看的态度，桑德罗先后来到威尼斯和米兰，找名家学画，然而那些名家只教了他一些在他看来完全是不必多说的绘画技艺后，桑德罗就失去了继续求学的兴趣，回到了自己画廊里。

“他们教我的东西我都懂，甚至有可能我比他们更懂。”桑德罗这样告诉他的父亲。虽然他自认为这样，但是在接下来的好几年里，他的画作依旧没有取得什么进展，甚至就连画廊也因为经营惨淡而歇了业。

不久后，桑德罗无意中听说一位法国的著名老画家旅居到了佛罗伦萨市，于是他决定去登门拜访。找到那位法国老画家的住处后，他正拿着洒水壶在花园里浇水。桑德罗向老画家倾诉了自己的困惑和渴望，以及对之前那几位老师的不满，随后，他问老画家说：“我可以跟您学画吗？”

“当然可以，不过你同样无法从我这儿学到什么。”法国老画家说。

“为什么？难道以您这样高超的技艺还无法传授我知识？”桑德罗问。

法国老画家没有回答，他拎着洒水壶走到一个既没花也没草的角落，朝地上浇起了水。

“您在做什么？”桑德罗奇怪地问。

“我在为这个花园里最为高贵的一盆紫罗兰浇水。”法国画家回答。

“可是，这里并没有什么紫罗兰啊。”桑德罗惊诧极了。

“它在那里。”画家伸手朝阁楼的窗台上指了指，那里果然有一盆非常高贵的紫罗兰。

“哈哈。它在那么高的地方，如何能淋到水？”桑德罗觉得这位老画家实在是太有趣了。

“所以，我确定你也无法从我这里学到什么，因为你就是那盆高高在上而且高贵的紫罗兰。”画家看着桑德罗，认真地说，“想要淋到水，就必须要把花放低，哪怕是一盆最为高贵的紫罗兰，否则别人浇再多的水也是徒劳。”

桑德罗心里一怔愣住了,他在这一刻终于悟到一个道理,要向他人学习,就必须要放低自己的姿态,也只有这样才能“淋浴”到更多全新的知识。从那以后,他就跟着这位法国老画家既虚心又努力地学起了绘画,技艺果然得到了飞速的提高。

几年后,桑德罗画出了《维纳斯的诞生》《春》《三博士来朝》等一系列名扬全球的世界名作,成为意大利文艺复兴时期著名的画家之一。

一碗无法拒绝的炒饭

安德鲁是美国《慈善周刊》的记者，有一次，他被安排到南非的一个极其贫困的塔鲁洼地区采访，因为那里不仅贫困，而且还遭受了一次非常严重的地震。他希望自己能把当地灾民们最真实最困难和最坚强的一面展现出来，以呼吁全世界有更多的人参与到慈善事业中来。

那天，安德鲁来到塔鲁洼地区一个叫古萨的小村落里，这是受灾程度最重的村落之一，几乎所有的房子都已经倒塌，死伤的人数也很多。年迈的村长统一保管着数量十分有限的一点救助食物。

安德鲁访问了一些人，又拍了一系列的照片后，已经到了中饭时间了，安德鲁刚想回到车里去吃点食物，这时，一位村人跑过来对他说："安德鲁先生，我们为您准备了一碗洋葱炒饭，您快去吃吧。"

"不，不。我车上有一些食物，我去车上吃就行了。"安德鲁正这样说着，村长已经带着另外几个人走过来了，村长的手上端着那碗还冒着热气的洋葱炒饭。

村长把那碗炒饭递到安德鲁面前，说："你的肚子一定很饿了，快吃了这碗炒饭吧。"

安德鲁有些不知所措地把那碗炒饭接到手里，但是，他却怎么也舍不得吃，这个地方本身就这么贫困，而且刚刚遭受过地震，食物一定非常紧缺，在这个时候，怎么能够吃他们的炒饭呢？那和从他们的口中抢夺粮食没什么两样。于是，安德鲁再次拒绝说："我真的不饿，况且我车上还有食物，这碗饭还是你们自己吃吧。"

"不。我们的面包很快就要烤熟了，你吃。"好客的村长说。

听了这话，安德鲁更加不好意思吃了，在这个时候，一碗炒饭无异于是一种奢侈品，他们自己只是吃面包填肚子，却拿出洋葱炒饭来招待自己，他呆呆地看着眼前这碗饭，不忍下箸。

这时，村长似乎发现了一些什么，他脸色一沉，对那个最初叫安德鲁去吃饭的人说："这碗炒饭是谁炒的？"

"是我炒的。"那位族人回答。

村长把那人拉到一边，安德鲁隐隐听见村长说："我之前就已经提醒你了，他们城里人是非常注意卫生的，但是你看看你的碗，是多么陈旧，看上去非常不卫生，你让他怎么吃？"

那位村人委屈地说："是的，我按你的要求做了，可这已经是我家里颜色最为鲜亮、看上去最为干净的一只碗了。"

"这该怎么办好呢？"他们全都犯难了，呆呆地往安德鲁这边看过来。

刹那间，安德鲁明白了，原来这是一碗无法拒绝的炒饭。哪怕是这种善意的拒绝，也会给他们造成伤害，会让他们误以为自己在嫌弃他们。接着，安德鲁兴奋地大声说："我现在觉得肚子非常饿，我必须要尽快把这碗炒饭吃掉。"说完，他就大口大口地吃了起来。

看着他狼吞虎咽的样子，包括村长在内的所有人都开心地笑了。

后来，安德鲁在他的南非日记中写道："我终于明白，原来有时候善意的拒绝也会伤害人，而有些时候，看似是一种残忍的接受，实际上却是莫大的尊重与友善。”

· 别把快乐抱太紧

坐火车从外地返回，途中经过了某个大站以后，下车的人非常多，车上一下子空下来不少。

大家纷纷如释重负地说："这下总算舒服多了。"于是，有的人开始斜躺起来，有的人则把脚从鞋子里抽出来架到对面的座位上。坐在我斜对面的一个年轻人，站起来伸了个懒腰自言自语地说了句"这样子就快乐了"后，自顾自躺在椅子上睡起大觉来了。

车子在下一站的时候上车的人又特别多，于是原来一人占两个位置的人都把屁股挪一挪，让出点位置给刚上车的人坐。躺着睡觉的也纷纷坐起来让大家坐下来。逐渐，车厢里的人又开始满起来了。在我斜对面那个三人座上躺着的年轻人却始终没有要坐起来的意思。

"小伙子，请问这个位置有人坐吗？"一个四十来岁的农村妇女站在他身边问。

"有人坐的。有人坐的。"年轻人睁开眼扫了一下站在他面前的妇女，不耐烦地说。

"那先让我坐一下，待会儿那人来了我再站起来行吗？"那妇女似乎也感觉出一点什么，所以依旧心存希望。

“跟你说有人坐的，烦不烦啊？”年轻人提高了一点声量。那农村妇女就怯怯地站在一边，再不说话了。

“这座位上的人早就下车了，你就让点位置出来给别人坐嘛。”我有些看不过去，就挺身说了几句。

“她的车票上如果写着这个座位是她的，我立马让开，如果不是就少来烦我，我要睡觉了。”他说完后把眼睛一闭再不说话。

这时，坐在我前面的一个大妈冲着那妇女喊：“来，妹子，到这里来挤一挤吧。”说着，一边让同座的两个人往里挤挤，一边示意那农村妇女坐她那里去。

“妹子，一个人出门啊？到哪儿去呢？”坐下后，大妈关切地问她。

“我去江西，提早点回去准备过年了。”那妇女说。

“江西好啊。是个好地方，专产漂亮妹子的。”另一个三十来岁的汉子接过话去说。

“瞧你这人，开口就没个正经的。”在他身边一个像他媳妇模样的女人又把话接了过去，就这样，大家你一句我一句天南地北地聊开了，大家开心地说着笑着，满车厢的喜悦气氛。

过了一段时间，也不知道是大家的说笑声影响到那年轻人睡觉了还是他已经睡醒了，他坐了起来发着呆，看着别人有说有笑的样子。有时候他也会插句话，但是没有人会接过他的话，仿佛根本就没有人注意到有这个人的存在，也似乎根本就没有人能听到他讲的话。

就在这些说笑的人里面，有的是两个人的座位上坐着三个人，有的是三个人的座位上坐着四个人，但是很奇怪，没有一个人愿意站起来坐到那个年轻身边的另两个空位置上。

半个小时后到了另一站，小伙子收拾了一下东西离开了座位，而这三个座位也陆续被别的人占领，说笑中的旅途觉得特别轻松，很快就到了，我就要下车了，也有几个人是与我一起下车的，在我们收拾好行李准备离开的时候，大家纷纷带着笑容互说祝福和再见。

在走近车门的时候，我在不经意间看见一个熟悉的身影，他正蹲在车厢连接处翻看一张破报纸。我这才意识到原来那个小伙子整理了行李只是离开了座位，其实并没有下车。就在两个小时以前，他还死死地占着那个他所认为能为他带来快乐的三人座位，但是现在，我却没有发现他脸上有任何快乐的神情，而且，我不明白他为什么当初连让出一点来给别人坐都不肯，后来他怎么却连自己都不坐了。

或许，是因为有时候想把某样东西抱得太紧，到最后往往失去的就是这样东西，包括那个小伙子所认为的“快乐”。

国王的宝剑

从前有一个国王，一直想要一把独一无二的宝剑来显示自己的地位与权力。

后来有一天，国王举办了一场铸剑大会，把全国所有铸剑大师都邀请到皇宫大院为他铸剑，最后国王选中一个老铸剑师所铸的剑，这把剑削铁如泥，吹发可断，非常非常的锋利，国王非常高兴，决定用这把剑作为自己的贴身武器，但是他想了想又觉得这把剑太单调了，看上去非常普通，于是就拿出很多宝石，命令老铸剑师把这些宝石镶满整把宝剑，老铸剑师惊诧地说："可是这样就无法杀敌了呀。"

"我是国王，我不需要亲自杀敌，我只是要显示我的身份，你按照我的吩咐去做就行了。"国王说。

老铸剑师无奈，只能听从国王的意见，把宝石镶满了整把宝剑。就这样，这把本应闪着寒光的宝剑变得五彩缤纷，耀眼夺目。"这样才符合我的身份嘛。"国王更加高兴了，此后，国王每天都将这把宝剑挂在身上以显示他神圣的地位和权力。

几年后，邻国的国王亲自率领军队大举侵犯，他们的战斗力很强，几乎是所向披靡，这个国王也不甘示弱，也披盔带甲亲自率领军队去应战。来到战场上，他从腰上解下那把象征着地位与权力的宝剑，和邻国的国王一决高下，可是因为上面的宝石太多，这把宝剑根本就没有任何杀伤力，结果几个回合下来，他就被邻国的国王一剑刺死了，接着他的城池也沦陷了，所有国土都被邻国占领了。

世界上的很多事情都是这样，真正有锋芒的东西从来不需要装饰，过多的装饰不仅不会使锋芒得以提升，反而会折损甚至完全掩盖原有的锋芒。

第六辑

有人在街上认错你吗

有人在街上认错你吗？无论有没有，如果以后有人在街上认错你，不如多陪对方聊几句，正儿八经地告诉别人他认错人了，你除了送走一张尴尬的脸之外就再也没别的什么了，但只需要陪对方聊几句，你往往能收获两张笑脸，收获两颗愉悦的心，收获一份隐隐的感激之情甚至是展开一段新的友谊。

人也需要水的智慧

巴尔扎克是法国伟大的批判现实主义作家。1829年，巴尔扎克出版一部描写旺岱地区共和国军队扑灭保王党叛乱的长篇小说《最后一个舒昂党人》，小说一出版就轰动了文化界，但是也有人对这部作品很不以为然，甚至有许多人对这本书提出了许多不认同的声音。

有一次，一位名叫萨乐豪姆的读者从里昂给巴尔扎克写了一封信说：“你那《最后一个舒昂党人》算是什么作品？你到底会不会写小说？你审视过自己的观点吗？”在信中把他臭骂了一顿。巴尔扎克看完信后，不仅没有生气，反而还给萨乐豪姆回了一封信，他在信中说：“其实仔细想起来，您的认识非常有价值。我很高兴知道您对这本书有别的看法。今后您如果来巴黎，欢迎驾临，相信我们会有更好的交流。”

巴尔扎克的一位朋友知道这件事情以后，忍不住指责巴尔扎克说：“你怎么能这么软弱？别人写信来骂你，而你竟然还邀请别人来做客？”

巴尔扎克笑笑说：“你知道水的智慧吗？”

那位朋友说：“水也有智慧吗？”

巴尔扎克说：“你如果认为我这是软弱的话，那么水的智慧就是软弱。”他的朋友听得似懂非懂，疑惑地看着他。

信寄出去以后过了两个月，那天巴尔扎克正在家里和他的朋友谈论文学，忽然有人敲门，巴尔扎克开门后是一位陌生人走了进来，陌生人说：“请问巴尔扎克在吗？我是一位里昂市来的读者。”巴尔扎克把他让进屋后，一聊才知道，原来这位读者就是前不久寄信来骂他的萨乐豪姆。三人坐在一起谈人生、谈文学、谈价值观和世界观，非常融洽，直到天黑时，萨乐豪姆才起身准备离去，他站起来由衷地对巴尔扎克说：“我非常敬佩您的胸怀，我当初的那封信的措辞是那么激烈，假如我是您，收到那封信一定会大发雷霆，没想到您不但没有生气，反而还那么客气地邀请我来做客。”

送走那位萨乐豪姆后，巴尔扎克的那位朋友不解地说：“我只是觉得你很软弱，可是他为什么却会那么尊敬你呢？”

巴尔扎克说：“水的智慧就是当它遇到攻击时，它不仅不会一味地反抗，反而还敞开心扉来容纳别人，而只有这样，外来的力量才会和水相容。否则，用一块石头去砸一砸外面的柏油马路试试看，一味的强硬的抵抗不仅不能化解任何矛盾，反而还会导致两败俱伤。”

水在遇到石头的打击的时候，它从来不做任何抵抗，但它的“软弱”却是一种无比深奥的智慧，因为这种“软弱”有时候正是化解矛盾的神奇力量。人生，其实也需要这种智慧。

神秘的剑客

老禅师的武功非常高强，他的徒弟多达数百人，但随着年纪越来越大，他的武功慢慢退化了，然而就在这时候，他却收到了一个神秘剑客的挑战书。

这是一个只有十七八岁的少年剑客。谁也不知道他来自哪里，更没人知道他师从门派，甚至没人知道他用的是什么剑法，在短短的半年里，他几乎挑战了所有中原武林高手，所向披靡。老禅师是他想要挑战的最后一个人，只要打败老禅师，他就可以号称自己是天下第一并且统领中原武林了。

这时的老禅师已经用不出什么功力了，毫不客气地说，就连最小的徒弟都能轻易打倒他，更何况是那个下挑战书的少年剑客？所以收到挑战书后，弟子们都表示愿意代替师父去应战，但老禅师却笑笑说："没事，我自己去应战，而且我一定不会让他得逞。"

比武地点设在山下小镇边的空地上，四周围满了人，老禅师端坐在中间。大约半炷香的时间后，那个神秘的少年剑客来到了这里，但老禅师却像是没有看见他似的，只是闭着眼睛静静地坐着，并不起身。少年剑客见老禅师不起来比武，非常恼火，就想用语言来激怒他，于是他当着众人的面用各种不堪入耳的话辱骂老禅师，老禅师没有回应，他更恼火了，甚至开始往老禅师身上扔沙子、扔杂草、往他脸上吐口水……他刚出现的时候还像是一个冷峻的剑客，可他越骂越激动，骂得面红耳赤、暴跳如雷，歇斯底里的样子让他看起来就像是一个骂街的小赌徒，而老禅师依旧不为所动，静静地坐在地上。

少年剑客在刚开始骂老禅师的时候，围观的人们都窃窃私语、小声议论，那时候剑客还以为大家都在称赞他，以为自己出尽了风头，可随着他骂得越来越激动，语句越来越过分，四周的人都安静了下来，良久，少年剑客忍不住朝人们看去，这才发现所有人都怒目圆睁地看着他，而且都握紧了拳头，好像随时都可能会去和他拼命似的。

他意识到自己虽然看上去一直处于上风，不断地骂着老禅师，但最后似乎所有的辱骂都落在了自己身上，在四周人们憎恨的眼光里，他突然感受到了一种前所未有的恐惧，连忙转身灰溜溜地离开了……

从此，这个少年剑客就在中原武林消失了，再也没有人听说过他向谁挑战，也没有人知道他的行踪，但不久后，老禅师下山来讲禅，人们隐隐觉得尾随在老禅师身边的那个小僧似曾相识，越看他越像是那个已经没有了踪影的神秘少年剑客……

想想别人的感受

前不久的部门早会上，经理对我们说："上个月，我们在城南市场做了60万元业务，可城北只做了35万，差不多只有城南的一半，所以我们在这个月里要适当地调整销售战略，把城北市场作为重点……"

我们被经理搞得云里雾里，上个月明明是城北做了60万，而城南做了35万呀。这时，我们的组长站起来大声说："经理，你搞错了，你刚好弄反了。"话音落下，会议室里立刻爆出一阵大笑。经理脸一红，正想说什么，可我们的组长却不依不饶地说："资料就在你面前摆着呢，你翻开看看就知道了。"经理翻开资料一看，红脸立刻变青脸，他尴尬地说了几句表示愧疚的话后，就宣布散会匆匆离开了。之后没多久，组长就莫名其妙地被解雇了，虽然大家对此都显得讳莫如深，但明显，人都知道那是经理在老总面前使坏。

诚然，经理的心胸是狭窄的，做法也是不对的，但话又说回来，组长也并不完全是无辜的，虽然他的话是正确的，但从为人处世的角度上来说，他已经犯错了。无论是在生活中还是在工作中，我们并不是非要指出别人的错误不可，哪怕是在我们必须要指出别人的错误时，也应该采取更恰当的方式。以我们的组长为例，作为基层管理者，他完全可以走到经理身边贴耳相告，而不是当着众人的面大声叫喊出来。他那样做的结果，只能是向众人证明他比经理更能干，他虽然在大家面前出了风头，可经理却下不了台了，经理不对他怀恨在心才怪。

指出别人的错误或者给别人提意见时，如果方式方法或者场合不对，别人或许表面上会同意你的意见，但是内心里却并不一定会接受，甚至还可能会对你产生敌意，比如我们组长的那句“资料就在你面前摆着呢，你翻开看看就知道了”，何尝不是对经理的一种指责与嘲讽，这让经理的颜面何存？很多人说为人处世是一门学问，其实没那么复杂，只需要在做事说话之前多替别人的感受想一想，很多矛盾就都能避免了，很多问题也都能迎刃而解了。

林语堂妙喻风筝说读书

1926 年，林语堂在厦门大学任文学院院长。一个周末，林语堂正在办公室里写文章，他看到窗外操场上有好几个学生在放风筝，虽说周末玩耍也正常，但在那个动荡的年月里，林语堂还是希望学生们能把时间多用在读书上，就走过去对那几个学生说：“这大好时光放风筝当然也可以，但如果用来读书会不会更有意义呢？世界上有很多名著都值得我们一读呀。”

离林语堂最近的一个学生说：“林先生，功课我愿意做，但至于什么名著，我真的感受不到乐趣，就算是捧着那些书，我心里可能也是在想着放风筝。”林语堂想说“读书要认真仔细才行呀”，但话到嘴边他又吞了下去，这个道理对谁来说都不陌生，应该怎样把话说到他们的心里去呢？林语堂看了看他们手中的风筝，有了主意，就对那个学生说：“让我来放一放你的风筝行吗？”

学生把手中的线盘递给了他，林语堂接过线盘后就对着手中的线盘说：“线盘呀，天上的风大不大呀？凉不凉快呀……”见他这模样，旁边的学生们“扑哧”一声地笑了，其中一个学生说：“林先生，线盘哪会说话呀？就算它们会说话，你也应该问风筝才对嘛，风筝在天上飞，它知道天上的风大不大，线盘在你手中，它又怎么知道天上的风大不大呢？”

“哦？是吗？”林语堂微笑着说，“线盘在我手中，所以不知道天上的风大不大，那么你呢？你根本就不静下心来去仔细读书，又怎么能够体会到读书的乐趣呢？只要静下心来认真去读，你一样能够成为文学天空里的风筝，品味到文学天空里的乐趣。”

话音落下，那几个学生纷纷若有所思地点头说：“林先生，我们知道以后怎么做了。”学生们说完，纷纷跑进图书馆去读书了。

“读书要认真仔细”这句话谁都会说，但很多时候这也是一句最没有说服力的话，甚至会惹人厌，但林语堂却通过“线盘和风筝”的事理赋予了这句话全新的生命，从而达到说服别人的效果。现实生活中，我们经常会听到或说起很多道理，但很多时候，这些道理仅仅是一个人人都懂但却枯燥至极的道理而已，根本说服不了别人；但如果能让这个道理依附在一个具体而又通俗易懂的事理上，就算是浅显的道理也会变得耐人寻味。在这方面，林语堂的说话技巧值得我们借鉴。

·锯掉枝叶再移植

那天带孩子出去郊游，经过一条新造的马路，承包工程的老板正指挥着工人们种树。那些树很奇怪，比人稍高一些，比手臂稍粗一些，光秃秃的一根树干，没有树枝，更没有树叶，只有底部一个圆鼓鼓的泥根包。

我停下脚步，搭讪着问那个工程老板说：“为什么这些小树就这么一根光秃秃的树干呢？这样能种活吗？”老板笑笑说：“你这就不懂了，这样才更能保证它们成活。”“啊？为什么呢？”我更纳闷了。

“很简单，如果所有的树枝都保留着，种下去后，树枝和树叶就要吸收大量的营养和水分，可这时的根部因为刚刚移植过，还很不健全，它所能吸收的水分和养分根本供应不上树枝和树叶的需要，这棵树就很容易死了。”老板说，“而锯掉树枝就留一根树干，它就不需要太多水分和营养了，就靠树干本身的水分和养分也足以供应新长出来的嫩芽，根部有了充足的时间用来恢复和生长，等上面的新芽长大了，下面的树根也恢复完整了，整棵树就能正常生长，也能存活了。”

“原来是这样呀，我明白了，看来想要种活一棵树，还必须要砍掉一些枝干才行呀。”我恍然大悟地说。

“是的，就是这样，很多树都需要砍掉枝叶以后才能移植。”老板笑着说。

我真没有想到，看似简单的种树还有这么深刻的道理。种树是这样，我想做人做事应该也是这样，要成就一些梦想，必须要先砍掉一些细碎的需求和欲望，否则这些需求和欲望就会占用你的时间和精力，拖累你追求梦想的脚步。

要有所得，先有所失；要有所成就，先敢于舍弃，如果没有这种胸怀和勇气，拘泥于小事，又怎么能成就梦想，取得成功呢？

浮萍不知水深浅

苏洵是我国北宋时期的著名文学家，但事实上，年少时期的苏洵并不是一个好读之人，而是喜欢到处游山玩水。

苏洵的父亲从他7岁开始就让他学习诗文，但是他很不喜欢读书，虽然勉强读着，但味同嚼蜡，毫无乐趣可言。到了苏洵二十多岁的时候，他依旧只能有口无心地背几首简单的诗词，却根本不知其深意。苏洵在27岁的时候，就已经有家室了，可他的父亲让他读书，他根本不听，有一次还抛下刚出生的孩子又跑出去游山玩水了，他的母亲史氏被气得生了一场大病，没多久就去世了，苏洵回乡后得知母亲的去世与自己有脱不了的干系，而自己又实在不愿意读书，内心既悲痛又矛盾。那天，他就走进了附近的大旺寺向老禅师倾诉自己的苦恼，最后苏洵叹着气说："我也知道读书好，但我真的无法从书中读到乐趣，怎么办呢？"

老禅师听后笑而不语，只是带着苏洵来到寺院角落里一只养鲤鱼的大缸旁边，老禅师伸出手来拨弄着大缸里的浮萍，却始终不说一句话，苏洵站在一边等急了，就困惑地问："大师，您这是在干什么呢？"

老禅师笑道："我在问浮萍水有多深。"

“浮萍哪能知道水有多深呢？它是浮着的，你问荷叶还差不多，荷叶下面倒有一根茎通往水底。”苏洵不解地问。

“对呀，荷叶有一根茎深入水底，所以它知道水有多深，而浮萍只是浮在水面上，所以它不会知道水有多深。”老禅师微笑着转头问苏洵说，“那么你呢？你成天想着游山玩水而不愿意静下心来仔细去阅读和体会，又哪能品味到文章的精妙和读书的乐趣呢？”

听了老禅师的这番借物言志的妙语，苏洵恍然大悟，从此开始研究诗书经传和诸子百家之书，每日端坐在书斋里苦读不休达六七年，之后才开始写文著论，最终成了“唐宋八大家”之一。至今，在苏洵的墓上还保留着欧阳修所作的墓志铭，其中一句就是“年二十七，始发愤读书”。

不必吵架

丈母娘家离我家只隔着两条马路,很近,我们经常去丈母娘家蹭饭吃。

那个周末,我和妻子又去丈母娘家吃晚饭,我们还在小区门口的菜摊子上买了几个新鲜小菜,去到丈母娘家后,妻子和丈母娘一起在厨房里忙活,我和小舅子则像往常那样摆开象棋厮杀。开饭后,可能是妻子今天没发挥好,有道菜明显太咸了,小舅子立马就嘴上不饶人地喊开了:“姐姐,你这菜怎么烧的呀?这也太咸了吧,怎么吃呀?”

妻子稍带怒色地说:“不喜欢吃你就别吃,你这么能干你怎么不来烧?你手不会动一下,嘴巴倒挺会嫌。”小舅子说:“我只是提个意见,也算是信息反馈,你下次可以做得更好,你不知道反思自己就会怪别人。”妻子又说:“谁要你反馈了?你要吃就吃,不吃就去睡觉,我辛辛苦苦烧出来,你有的吃就好了,还嫌东嫌西,你这么会嫌,自己怎么不来烧?”就这样,姐弟俩在饭桌上就吵开来了,老丈人和丈母娘也帮着我妻子骂她弟弟,骂他不干活还这么多话,小舅子脸一挂,放下饭碗就去房间里玩电脑了。

客观地说，无论是工作还是生活中，有不少人都是这样，自己不动手却喜欢对别人指指点点，很讨人嫌，但作为被指点的人，比如我妻子，为什么不客观地体会一下她弟弟话中的意思呢？吸收一些意见，对自己一定是有好处的，不必非要沉浸在那种别人或许并没有意识到的语言意味里，就认为别人是在攻击自己。多反思多品味，或许真正有收获的可能还是自己。很多时候，吵架的两个人可能谁都没有恶意，谁都没有吵架的本意，或许只是一点表达者的小缺陷和倾听者的小敏感而已。事实上，如果表达得完美一点，倾听得客观一点，相互都不要带着很重的个人情绪，或许很多吵架和不快都能避免。

老道理真的是对的，说话时多给别人留点余地，听别人说话也不要斤斤计较，多一分宽容，退一步海阔天空，没有那么多事情值得你脸红脖子粗地去吵架，破坏人与人之间的关系不说，还影响自己的心情，何必呢？

·狱警巴纳德晕倒之后……

巴纳德·卡茨是美国佛罗里达州一所监狱的狱警，他在这里已经工作了13年，他对每个犯人都非常了解，与犯人们之间相处也很友好。

7月8日这天晚饭后，巴纳德像往常那样进入监舍巡察，并且还坐在囚室外的法庭提审等候室里和犯人们隔着铁栅门聊天，可不知道为什么，聊着聊着，巴纳德却突然脸色一变，歪倒在椅子上就没了动静。“巴纳德警官昏过去了。”“他一定是心脏病发作。”犯人们七嘴八舌地说着，并且隔着铁栅门大声呼喊他，但巴纳德警察一点反应也没有。为了救人，有两个犯人带头决定砸门，他们先是砸掉了一张木桌子，然后用桌脚当工具撬破了铁栅门，随后他们跑到巴纳德身边，这时的巴纳德已经没了脉搏，他们尝试着施救但却手足无措，没人知道自己应该做什么，只能对着外面大声喊叫或者疯狂地砸门，试图引起楼上其他狱警的注意。

警长莱恩先生首先意识到了问题，他从摄像头里看见一群犯人冲出了牢房，围在巴纳德的四周，而巴纳德则躺在地上一动不动，莱恩警长的第一反应是“发生了暴动”，然而犯人们杂乱的叫喊声以及相应的手势让他明白了，他们是试图拯救巴纳德的生命。莱恩警长立刻打电话叫来了其他警员以及救护车。当救护人员赶到后，立刻对巴纳德警官进行了施救，昏迷的巴纳德警官终于渐渐有了心跳——他得救了。医护人员表示，巴纳德警官确实是心脏病突发，如果再迟3分钟，他们也将无法救回巴纳德警官的性命。

巴纳德和同事们的值班轮守是每30分钟换一次班，而到他晕倒的时候，他才值班12分钟。这也就意味着，如果犯人们不砸门冲出监舍求救，那么其他狱警们则至少要在18分钟以后才能意识到可能出了问题。

带头砸门的这两个犯人分别是凯尔顿和史密斯，凯尔顿是一名瘾君子，而史密斯被判入狱则是因为工作琐事把同事打伤了。他们在砸门的时候，也担心突然会有狱警冲出来认为他们是在暴动从而开枪射击，幸好这一切都没有发生。事后，当地电视台的记者在采访中问他们为何冒着被枪击的危险"越狱救狱警"，凯尔顿笑笑说："巴纳德警官是一个好人，事实上不管他是不是好人，我都会尽力去救他，当时我没有去考虑我是一个犯人，我甚至忘记了自己根本没有权力去砸毁监狱的铁门，我只是想着我应该要救他。"

作为一件富有正能量的事情，这件事很快引发了民众们的热议，但是作为监狱的最高长官，监狱长马克先生却开始担忧起了另一件事情：这次犯人们砸门确实是见义勇为，但也因此暴露了一个问题——牢房的门锁太脆弱，今后会不会发生真正的暴动事件？所以马克先生决定要加固门锁，但同时，不得不考虑的是因为犯人们的见义勇为而加固铁门，会不会伤害到犯人们的感情？

再三考虑后，马克先生决定把这件事情交给犯人们自己来决定。

事实上，马克先生也相信犯人们会给出一个令他满意的答案，他举行了一个投票会，马克先生向犯人们坦言了自己的担忧和顾虑，并让犯人们投票选择“加固”或“维持原样”，最后犯人们经过商讨，居然全把票投进了“加固”箱里。三天后，马克先生就叫来了工人加固铁门，犯人们都只是远远地看着，除了工作的声音，整个监舍里没有任何别的响声。

很难想象，如果马克先生没有这份魄力，将加固铁门的决定权交给犯人们，让犯人们感受到自己正在被尊重和重视，到最后还会不会出现这样的景象，最大的可能是一边工人们在加工，一边犯人们在抗议，而中间则站了一排手拿盾牌与胶棍的警察以防止发生意外。马克先生欣慰地说：“很显然，我们并不愿意发生这样的事情，而且通过这件事情，我觉得更多时候，我们应该主动给别人以信任。”

你是我 25 年前的救命恩人

今年刚满 50 岁的琳达·卡萝纳是美国路易斯安那州一个非盈利性黑猩猩救治所的创办人，创办这个机构，要从她 25 年前的一段经历说起。

那时候，正在考生物学硕士学位的琳达去位于美国印第安纳州的一家生物研究所实习，在那里，她看到了很多被用来做实验的大猩猩，因为大猩猩和人类的 DNA 有 98.8%的相似度，所以经常被用来做药物和疫苗实验。那些大猩猩基本上都是从研究所里培育出来的，在研究所里出生，也在研究所里离世，一辈子都无法离开半步。在那里，琳达看到了一只名叫“桑迪”的黑猩猩，它只有 6 岁，不知道因为实验感染还是别的什么，总之它生了很严重的病，奄奄一息地躺在笼子里，研究所里的人已经打算抛弃它了。“等它死后，我们就会将它火化并埋葬它。”研究所里的人这样说。

琳达听后非常难过，它才那么小，还没有见过大树和青草，但生命却已经走到了尽头。琳达决定要救助它，她辞去了实习工作，掏钱买下了桑迪并把它运回了路易斯安那州治病。三个月后，桑迪恢复了健康，琳达就把它带去了南佛罗里达州的一个丛林里。为了使桑迪学会独立生存的本领,她在那里足足待了两个月,天天向桑迪示范应该如何获得食物。因为一直都模仿着大猩猩的行为举止,到了离开的时候,琳达甚至都忘记了自己到底是猩猩还是人类。

琳达救回了桑迪的生命,但自己却受到了惩罚,她被取消了硕士考试资格,琳达也没有再回学校,而是成立了一家专门针对黑猩猩的救治所,生病、伤残或是被马戏团抛弃的黑猩猩,琳达都会尽力去救助并将它们放回到大自然。25 年来，她一共救助了一百多只黑猩猩，并都将它们放回到美国各地的森林保护区。

2016 年初，琳达从一家动物园里收下了两只生病的小猩猩，通过近半年的治疗和生存培训，它们终于具备了回归大自然的能力。2016 年 7 月 6 日，琳达和助手们坐直升机将它们运送到了南佛罗里达州的那片丛林里。在放桑迪回大自然的时候,琳达来过这里,那时候她只有 25 岁,现在她已经 50 岁了。琳达和助手们刚一下飞机,就听到远处传来了黑猩猩的叫声，凭着丰富的经验，琳达听得出来这是黑猩猩表示“欢迎和高兴”的叫声,琳达很好奇,有陌生人来到,生活在这里的黑猩猩难道不应该觉得恐惧吗？怎么会发出欢迎和高兴的声音呢？

就这么想着,一只黑猩猩从树林里钻出来,开心地向琳达跑过来,来到琳达面前后,它仔细地端详着琳达。她的助手们连忙举起了麻醉枪以防意外,但琳达挥挥手示意他们不要轻举妄动,她隐隐觉得这可能是一只有故事的黑猩猩,可能对人类并不排斥。几分钟,那只黑猩猩再次露出了开心的神情,一把抱起了琳达,也直到这时,琳达才看清楚在它的左胸口有一块大伤疤，它的右脑边也有一块伤疤……琳达一阵激动,这些伤疤都是自己在 25 年以前处理的——这只黑猩猩,就是 25 年前被她救助回来的桑迪。

“天哪，是你，桑迪，你居然还认得我？”琳达惊奇地大叫，而桑迪仿佛也听懂了她的话，不断地做出各种奇怪而友好的表情，发出娇气的声音——毫无疑问，时隔25年，它居然还认识当初的救命恩人。琳达也紧紧地抱着它，流下了眼泪……

这一幕被琳达的助手们用手机拍摄了下来，传到网上以后，许多人都被这个情形打动了，琳达在视频里这样说：“它们的确是动物，但它们不是人类的牺牲品，它们和人类是平等的，它们不仅有98.8%的DNA和人类相似，还有98.8%的情感也和人类一样，只不过它们不会用人类的语言来表达罢了。曾经我还为自己没有拿到硕士学位而稍有些遗憾，但现在我什么遗憾都没有了，我真的非常惊喜——桑迪，它居然还记得我这个曾在25年以前救过它一命的人。”

说话要少一点反问

我有个同事，在平时的说话中总喜欢“习惯性反问”，比如有同事们问他“今天去看电影吗？”他就反问说：“你说呢？”比如有人问他“厂里怎么没电了？”他又会反问说：“我怎么知道？”在他身上，这类例子简直不胜枚举。

说实话，我这同事是个热心肠的人，只要帮得上的地方他经常会帮助别人，可再怎么热心，他在单位里依旧没什么好人缘，而且他的业务能力也很不错，可到了提拔人的时候，却总是怎么也轮不到他。其实这一切，都是他的“习惯性反问”给闹的。

生活中，像我这个同事一样喜欢采取“反问式”说话的人其实有很多，有时甚至连我们自己也会这样。其实在很多时候，同一个意思，可以采用不同的话或者不同的方式说出来，让人听起来的感觉可能会完全不一样——比如把“反问式说话”改成“描述式说法”。

例如有同事问你某个东西放在哪里，如果你确实不知道，那么至少有两种表达方法，第一种表达就是采用“反问式”对别人说“我怎么知道？”这种表达会让别人觉得你很不耐烦，不愿意和他讲话，甚至会让别人觉得他问你“东西在哪里”的本身，对你来说就是一个让你极为反感的错误，所以你对此很有抵触感；第二种表达就是“描述式”，客观地告诉别人“我也不知道啊”，这种表达透露给对方的意味是，你和他是站在同一个立场的，至少你是尊重他的提问与难题的，对方会觉得你很有亲近感，双方的距离也会因此而拉得更近了。

人与人之间就是这样子，你说的是什么并不重要，重要的是你所说的东西在别人听来是什么。生活中，有不少人经常责怪某些人不讲义气，不识好人心，当然世界上肯定有不珍惜恩情和友谊的人，不过话又说回来，很多时候我们不如反思下自己：比如我们对待别人的方式是不是正确，是不是能让人感受到友好，以这种“反问式说话”为例，你可能觉得这只是一个无伤大雅的小习惯，但你的小习惯并不代表别人就都能理解或接受，更多时候只会给人带去一些不愉悦的感受，和你吵吧，显得他斤斤计较很小气，不和你吵吧，就只能自己憋气受委屈。可想而知，如果你的小习惯经常给身边的人带去这种感受，还会有多少人愿意做你的朋友呢？

做人处事的道理万万千，今天，不如就让我们把“反问句”说成“描述句”，比如把“我怎么知道”说成“我也不知道”。

潜到海底去寻找她

2011年3月11日，日本发生9.0级大地震，并引发超大规模海啸，这次可怕的灾难造成无数人死亡和失踪，而活下来的人则承受着难以想象的痛苦。

高松康夫的妻子高松洋子就是在这场灾难中失踪的，他的朋友成田正名也在这场灾难中失去了女儿，他的女儿成田惠美和高松康夫以及高松洋子都是同事，都是海岸线上的工作人员，负责一些与海务有关的工作。

那天，是高松康夫的个人休假日，上午的时候没有任何征兆。高松康夫驾车送妻子去上班，路上他们还在讨论晚上应该吃什么菜，妻子在海边的单位楼下下车后，高松康夫就驾车去买菜了。

灾难发生前，高松洋子所在的海岸首先发现异常，负责人让所有工作人员都爬到三楼的楼顶躲避，但海面上升得太快，他们根本没有机会逃生。当时高松洋子和成田惠美都跑上了楼顶，可是海啸过后，人们才发现，他们所在的那幢小楼建筑已经倒塌了，里面的13名工作人员也只有一个人幸免于难，因为在潮水冲来的那一刻，他紧紧抱住了楼顶上一张已经废弃了的木板桌子，后来搜寻队又找到了另外4个人的尸体，其他人则彻底地失踪了，失踪的名单之中就包括高松洋子和成田惠美。

高松康夫坚信自己的妻子还活着，他每天都去海边寻找，他甚至还在小楼的废墟里找到了妻子的手机，手机已经无法打开了，高松康夫就把它带回来晒干，保存了起来，几个月后，高松康夫睹物思人，又拿出了妻子的手机，结果发现居然可以开机了，而且里面还有一条未发送成功的信息，信息的接收人正是高松康夫，内容是“海啸真的太可怕了”。

灾难发生前一个晚上，成田惠美还把自己刚发的工资交给了父亲成田正名保管，她的离去让成田正名无法接受，灾难过去后，他还在心里认为女儿是安全的，直到失联4天了，女儿既没有电话打回家，人也没有回来，他终于开始慢慢接受女儿其实是彻底失踪了，此后的每天，他都在无尽的痛苦中度过。在福岛县，和他们一样痛失亲人的人还有很多，有很多人选择离开这个伤心的地方，也有很多人选择留下来。高松康夫和成田正名就是选择留下来的人之一，他们觉得哪怕是她们真的已经彻底失踪了，也不能抛下她们去到另外的城市生活。

半年之后，高松康夫偶然看到日本海岸护卫队的潜水员在搜寻失踪者的新闻，他也产生了学习潜水的冲动，潜到海底去寻找自己的妻子。他在一个业余潜水队里报了名，他的朋友成田正名知道后，也加入了。他们都已经年过半百了，学习潜水的难度很大，他们的教练也劝他们不要参加，但是他们依旧坚持了下去。“为了找到我们的亲人，我们一定会努力的。”他们这样对教练说。他们的毅力打动了教练，而教练也在他们身上付出了更多的精力，他们非常努力地学习，到2012年初夏的时候就拥有了潜水证，成为合格的潜水人员。

拿到执照以后，他们每天都下水潜到海底去，还在海底找到了很多东西，包括写着小孩名字的书法作品盒和婚礼相册。两人会把写着名字的物品归还给失主，而钱包、存折等物件则交给警方。直到现在，他们也没有发现妻女的身影，不过两人还是会坚持下去，这已经成了支撑他们活下去的动力。

“其实我们知道，由于洋流作用，当时被海啸卷入海中的物品有很多都已经漂移到了远方，所以在浩瀚的大海中找到她们基本是不可能的，但我们依旧在坚持，我们相信自己会找到一些东西，也许还会找到人，即使不是自己的妻女，也能够给其他人带来慰藉。”对于未来，高松康夫和成田正名这样表示。

没有一种善举是渺小的

海莉·弗尔德是美国加州的一个普通小女孩，她今年只有10岁，已经是一个知名的慈善家了。

第一次让海莉对做善事产生兴趣是在她6岁的时候，那次，海莉与母亲在街上遇到了一个名叫爱德华的流浪者，他已经很久没有吃东西了，海莉就找母亲要钱给他买了一个三明治，爱德华高兴得当场落泪，他仰着头对海莉和她的母亲说："这是我一生中最温暖的时刻。"后来，她们在公园门口又遇到了一个名叫比利的流浪者，他没有双腿，坐在路边乞讨，海莉又找母亲拿钱给他买了一个大大的热狗汉堡……

在帮了很多流浪者后，母亲告诉她说家里并不富裕，不能一直这样去帮助别人，海莉很难过，她告诉母亲说："我不用家里的钱，我要自己试试看。"海莉没钱买不起食物，就自己种，她让父亲帮忙把家里的院子改造成菜地，然后学着建栅栏、播种、除草，几个月后，她拥有了第一份收获：半袋胡萝卜以及15斤土豆。海莉把它们分给了街上的5个流浪者。

海莉觉得要帮助更多的流浪者，这样的产量显然不够，她就说服邻居们一起来开辟菜地，邻居们被她所感染，纷纷开辟了菜地并统称为“海莉菜地”，一种就是四年，海莉经常把食物分配好去贫民区派送，那里的人都会欢迎海莉，热情地和她聊天并表达感谢。海莉用自己的劳动喂饱了镇上所有的流浪者，但她觉得这还不够，因为有很多流浪者都露宿街头，她就希望自己能帮助他们拥有一个家。

从8岁开始，海莉就拿起了刀子和电钻开始盖房子，镇上一家建材商的老板知道海莉的行动后，只收取她50%的建材费用，她的父母则帮助她在小区里回收牛仔布和木头做建筑材料，在他们的努力下，一座精美的小木屋终于竣工了，它坐落在公路边，里面容纳了8名流浪者。在住进去的那天，小海莉还嘱咐他们要相互帮助。小海莉看到流浪者们住进了自己盖的房子，很开心，就想要盖更多的小屋，让所有的无家可归者都有睡觉的地方，那家建材商的老板也承诺愿意用更便宜的价格亏本供应材料，海莉听到这个消息，开心地对母亲说：“我帮助不了所有的人，但‘爱’可以。”

在此后的半年里，海莉又为流浪者们建造了两间小屋，海莉不仅改变了流浪者们的生活，还改变了人们对待流浪者们的态度，人们纷纷将家里的闲置物资交给海莉，让她拿去给流浪者们使用，一家民间慈善机构也给她捐了3000美元，海莉用这些钱购买生活用品送给流浪者们，一个在酒店工作的大叔则表示愿意将酒店里多余的洗发水和香皂收集起来送给他们，一个名叫约翰逊的农场主则从马萨诸塞州寄了很多蔬菜种子过来，为了盖更多的房子，海莉还在“GoFundMe”网站发起了众筹，就连网站的工作人员也被海莉所打动，以网站的名义捐出了1000美元……

海莉的名声越来越大，有很多媒体都开始报道她的故事。曾有记者问海莉长大后想做什么，这个10岁的小女孩想了想说："我想在美国建造足够多的流浪者小屋，并成为这些小屋的管理员。"美国*Better Homes Gardens*（《美好家园》）杂志这样评论海莉说："总有人为要不要捐款而犹豫，总有人会告诉孩子帮不了很多人，但我们真的要坚信：天下没有一种善举，会渺小到无法改变世界。"

没人会辜负你的真诚

美国亚洲旅行社是美国加州最大的旅游公司。1986年,洛杉矶小伙子麦加德·布朗创办了它,布朗和员工们一起打拼,三年后就完全走上了正轨,然而也就在那年,公司里出现了一次危机——有人将公司的秘密客户资料出卖给了竞争对手,结果导致大量客户被别的公司挖走。

没人知道这件事是谁做的,最要命的是旅游旺季很快就要到来了,可公司客户却没有一个来报名,眼看着就要濒临破产,公司上下一片不安。那天,布朗在办公室里坐了整整一个下午后,走出来对员工们说:"这件事情让我非常悲伤,但我相信在座的每一个人都是无辜的,现在公司的资金严重不足,周转十分困难,公司也没有客户可以发展,你们在这里不会再有什么前途了,我给你们每个人多发一个月的薪水,你们快去找别的出路吧。"

说完这些话后,布朗走出了公司,他要去公园里散散心,他的助理也跟了出来,在公司门口,他的助理问:"老板,现在给他们发薪水?你为什么要这么仁慈?他们每一个人都有可能是出卖公司的人,你应该狠狠地骂他们一顿才行,你为什么到现在还这么真诚地对待他们每一个人呢？”

“确实他们每个人都有可能是出卖公司的人，但换个角度想，其实他们任何人也都可能不是出卖公司的那个人，我如果发脾气骂人，就算是出卖公司的那个人就在其中，也只有一个人被我骂对了，而其他人则都是无辜和冤枉的，所以与其是责骂他们，不如真诚地对待每个人。”说完，布朗又叮嘱他把薪水发给所有员工，然后独自一人走开了。

几个小时后，布朗回到了公司，那时天都黑了，他原以为公司已经空无一人了，可没想到等他走进公司时，却发现公司里居然一片灯火通明，所有员工都在自己的岗位上忙碌，他们每个人的手上都拿着一本厚厚的黄页电话簿，按照上面的电话号码一个一个地打过去询问，一派生机勃勃的繁忙景象。布朗又惊诧又纳闷地问他们：“你们为什么还没有离开？”

“老板，我们没有一个人打算离开。就因为你对我们的真诚和信任，我们都要留下来好好为公司服务，你看，我们已经联系上了三十多个新客户，明天就可以组新团出发了。”他的助理跑过来兴奋地说，不过他又像是突然想起了什么似的补充说，“只是，我刚才为了买这些电话簿，没经你审批就自作主张动用了公司的200美元……”

“哈哈，买得好，这个主意太好了，给我一本，我也要打电话。”接着，布朗也拿着一本电话簿进入了办公室……就这样，大伙儿齐心协力，居然在此后的短短一个星期内就为公司拉到了三百多个客户，结果公司不但没有垮下去，反而还取得了更好的发展。

直到现在，30年过去了，只要布朗谈起这段经历，他依旧会这样无限感慨地说：“信任和真诚的力量就是这么大，这件事情让我真正明白到，世界上没有一个人忍心无视或辜负你的真诚和信任，如果当时我没有选择那样做，我和公司的命运都无法改变成今天这样。”

·渔夫的悲哀

天堂里要摆宴席，可是天上没有水，也没有鱼，所以上帝就派火神来人间收鱼。

人们听说火神来收鱼了，就纷纷跑到河里要捉鱼卖给火神，可是人们都不会捉鱼，只能摸到石头和水草，就都把石头和水草都捧去卖给火神，可是火神不认识鱼，以为鱼就是这样子的，就都买下了。人群中有一个老渔夫，他捉鱼很有经验，他在别人摸了很多石头，扒了很多水草之后，终于捉到了一条又大又肥的鱼，他连忙捧着这条鱼来到火神面前，火神瞅了他一眼后却说："你这条鱼怎么滑滑的？还有鳞片？还会乱蹦乱跳？上帝。世界上有这样的鱼吗？"

人们都笑了，这个捉鱼很有经验的老渔夫成了大家的笑料，眼看着别人都靠着摸石头扒水草而赚到了钱，老渔夫捉到的鱼却卖不出去，他只能去捉更大更肥更新鲜的鱼，可是每一次，火神都这样大惊失色地说："居然比上一次更大了，跳得也更欢了，天哪，你把我当成瞎子了吗？你这样也打算蒙混过关吗？"

老渔夫沮丧得一屁股坐在地上，他的婆娘急得直跺脚，大骂老渔夫说:“你就不会摸石头扒水草吗？你再不卖出钱,我们全家可就都要饿死了。”老渔夫悲哀地叹了一口气,重新站起来,走进河里捧出一个大大的石头,这一次,火神愉快地买下了……

这是一个悲哀的老渔夫,但他的悲哀不是他捉不到鱼,而是他捉到的鱼总是不被当成是鱼。

多一点快乐

我小的时候，经常会因为各种事情而变得沮丧或烦躁，有时候正在做作业，可是铅笔却断了，有时候哥哥想带我去田里捉泥鳅，可父亲却突然要带哥哥去到镇上买东西了……总之，任何一点不顺心都会让我的心情变得很糟糕。

在我读四年级时的一次，我们几个同村同学说好，在周六的时候去一个邻村的同学家玩，可周六这天竟然下起了大雨，去不成同学家了，我非常不开心，坐在门口的椅子上轻轻抽泣。父亲听到我的声音，问我怎么回事，我告诉他原因后，父亲从小屋里拿了一把小锄头递到我的手上说："看见门口的那几簇杂草了吗？你去把它们锄掉，让他们永远也不要再长出来。放心，我给你打伞，你不会被水淋湿的。"

"不是会不会被淋湿，而是……"我止住哭声后纳闷地说，"杂草哪能锄掉以后就不会长出来了？再怎么锄，过段时间它还是会长出来的呀。"

父亲淡淡一笑说："对，无论用什么方法，锄掉的杂草都会重新长出来，所以最好的方法就是不去管它，时间长了，这些杂草反而会成为一片美丽的风景。"爸爸指着门口的田野说："你想，如果没有草，这片田野还有什么生机呢？”

“嗯，可是……”我不知道父亲到底想说什么。

“你心里的烦恼就像这些小草，你怎么锄都不能使它们真正消失，最好的办法就是不要去理会它们，时间长了，你会发现你曾经所有的烦恼居然是一道美丽的风景，就像这片田野一样，因为有杂草，反而更有生机。”父亲说，“所以每当你有烦恼时，不如学会享受眼前的时光，比如你现在虽然不能去同学家了，但是不是可以站在门口好好欣赏一下雨中的田园景色，然后好好地写一篇作文？”父亲的话仿佛为我的心灵开启了一扇阳光天窗，我看着门外田野里的雨中风景，渐渐地领会到了父亲的意思：与其沉浸在烦恼的心情里，不如抛开烦恼，好好珍惜眼前的时光做一些更有意义的事情。

时间一天天过去，如今的我还是经常会想起父亲当初说的话，并在自己失意时或沮丧时用来调解自己的心情。有些人说我这是自欺欺人的阿Q精神，但我觉得不是，我觉得这其实叫作珍爱人生。失落痛苦也是一天，开心快乐也是一天，为什么不想办法让自己快乐一点呢？

自私的人

一个小区的保安给我们新闻部打来电话，说他们小区里有个四十来岁的汉子，每天早晚高峰期都会在小区门口做好事，帮老人提东西、扶老人过马路，至于偶尔有人摔倒，那更加不用说，他会立刻走过去扶起来……

活雷锋呀。我看差不多快要下班了，晚高峰时段很快到来，时间刚好，就连忙驱车前往，到了小区保安室后，里面一个保安听说我是他叫来的记者，非常开心，他指着外面说："就是他，几乎每天都会在高峰期的时候在这里助人为乐。"

顺着他手指的方向，我看到小区外面的马路上有个中年男子，正扶着一个刚走出小区的老人小心翼翼地往马路对面走去。小区门口没有红绿灯，只是地上画着几条横道线，老年人要从这里过马路确实比较危险。我连忙走出保安室来到那个中年男子身边，我自我介绍了几句后问他说："刚才那老人是你的亲人吗？"

男子先是有点惊诧，不过他很快反应了过来，笑着说："不，不是，我不认识他。"

“有人向我报料说你是个活雷锋，经常在这里做好事，请问你为什么要这样做呢？”我问。其实我们做记者的对很多问题都能预料到答案，但是我们还是要问。比如现在，我几乎能断定他会告诉我说“反正也不费力，能做的好事就做一点吧”之类的话，但没想到那汉子却轻松地笑笑说：“哪是什么活雷锋呀，我只是一个自私的人罢了。”

“自私？这怎么理解呢？”他的回答让我出乎意料。

“我是外地人，我父母都七十多岁了，他们都在老家，我希望我在这里能够影响到一些人，我希望在千里之外的老家，当我父母走在街上的时候，会有一两个被我影响过的人也能过去扶他们一把……”汉子还是这样笑着说，不过话没说完，他却突然往马路对面跑去了，原来是一个老人正提着菜袋子往这边走过来，汉子轻轻地扶着老人，小心翼翼地穿过车流而来……

汉子真是个实在人，他没有炫耀和夸赞自己，更没有讲一大堆空话来显摆自己。我不禁感叹，如果自私可以这样表现，那么真希望在我们这个社会里，这样的自私能多一点，再多一点。

最美的手

亚瑟是一个美术老师，那天，他给孩子们组织了一场绘画比赛——画出自己心中认为最美的东西。

孩子们很快拿起了五颜六色的画笔“唰唰”地忙开了。不久后，孩子们都把自己的画交给了亚瑟老师，亚瑟老师很快开始打分了：“安德鲁，他画的是一座开满鲜花的花园，画得非常好，我认为这幅画应该得96分。”“科兹，他画的是一个美丽的海港，看，远处还有勤劳的渔民，这幅画应该得97分……”

亚瑟老师很满意，因为孩子们的画都非常不错。这时，亚瑟老师突然皱起了眉头，他拿起一幅画作说：“这是奥斯汀的作品吗？这是什么？一只受伤的手？而且还缠着许多纱布。天，这很美吗？奥斯汀，我觉得这实在是太荒谬了。”话音落下，孩子们都笑了起来，亚瑟老师举起奥斯汀的画问孩子们说：“你们认为这幅画应该打几分？”

“60分。”“不，55分。”“我觉得应该给0分，因为这只手一点也不美……”同学们大声嚷嚷着，而奥斯汀则始终红着脸低着头，一言不发，几分钟后，他终于站起来说：“我能说说我的想法吗？”

“哦。对,或许我们应该先让奥斯汀说说,为什么他会觉得这只缠着纱布的手是最美的东西。”亚瑟老师说完,孩子们也就慢慢安静了下来,一个个都歪着脑袋把目光投向奥斯汀。

“我觉得这只手就是世界上最美的东西。因为在我六岁的时候,有一次我偷偷跑到公园里玩, 结果在公园门口摔倒了, 有人将我扶了起来,他的一只手上提着东西,就用另一只手抱着我把我送回了家,而他抱我的那只手,其实是受伤的,还捆着白纱布……我想,他在抱我的时候一定很痛。”奥斯汀说。

亚瑟老师突然一怔,他想起两年前的一件事,那次他在运动中弄伤了手,请了半个月的病假,有一天他从超市里买东西回家时,在公园门口看到有个小男孩摔倒了,他走过去扶了起来,可是他手上拎着东西,就只能用那只受伤的手将小男孩抱起来送回了家……“上帝。那个孩子就是你？”亚瑟老师惊诧地问。

“是的,亚瑟老师,那个孩子就是我,而那个抱我回家的人就是你。”奥斯汀说。

猛然间,亚瑟老师被手中的这幅画打动了,并不是奥斯汀画得有多好,也不是因为上面画的其实是自己的手,而是他突然领会到了这样一个道理:一个人只要懂得用善良去对待别人,哪怕面对的是一个不谙世事的小孩子, 哪怕连你自己都忘掉了这件事, 但对方可能却会感恩一生,铭记一世。

奥斯汀觉得那只缠着纱布的手是世界上最美的东西,正是因为亚瑟老师的善良让奥斯汀把他深深地记在了心里,把那只曾经抱过他的缠着纱布的手记在了心里。

最强大的蚂蚁

杰森是一只强大的蚂蚁，它已经连续三次在“大力蚂蚁”的比赛中获得冠军，无论是举重还是拖动甚至是跑步，它都是最优秀的。

有一天，杰森像往常那样在外面觅食，后来它在公路边遇见了一条刚被汽车压死的大胖虫子。如果是别的蚂蚁，一定马上就赶回去叫伙伴们过来一起帮忙把大胖虫拖回去，但杰森不愿意这样做，因为它太强大了，这么强大的蚂蚁还要叫别人来帮助，那还有什么面子呢？

“我必须要自己把这条大胖虫拖回去，创造一个了不起的壮举。”杰森心里这样想着，就拖动着这条大胖虫往蚁穴赶，先是经过草丛，再是经过大树下，路上，它有好几次遇到别的蚂蚁，那些蚂蚁都很热心地要来帮助杰森，但是杰森每次都说：“我不要你们帮忙，我是强大的杰森，我不需要你们帮忙，你们快走开。”

就这样，杰森独自拖着这只大胖虫往蚁穴走。不久后，它来到了一条水坑边，一根干枯的野草就像是一座桥似的横在上面，刚才出来的时候，杰森就是从这根野草上面走过来的。当然，现在它也要重新从这里走回去。杰森努力地拖着大胖虫往稻草上走去，在地面上拖的时候，大胖虫不显得特别重,可是到了那枝又细又长的草茎上时,大胖虫的身体就往下垂了,杰森只能一边牢牢地抓住稻草,一边紧紧地咬住大胖虫慢慢向前走。这条大胖虫的体重是杰森的几十倍,很快,杰森就开始体力不支了,在它走到桥中间的时候,那条大胖虫终于“扑通”的一声,掉进了水里,来不及松口的杰森也被它扯了下去,掉进水坑被冲走了……

杰森失踪了。整个蚁穴都被惊动了,大家开始四处寻找,半天后,蚂蚁们在不远处的水坑下游找到了杰森的尸体,它依旧紧紧地咬着那条大胖虫,一副强者的样子。其实,它直到死也没有明白,为什么自己这么强壮却会落到这个结局。

友谊的能量

拉玛奴江和拉奥是一对好朋友。拉玛奴江生活在印度淡米尔的一个贫苦家庭，而拉奥的父亲则是当地一个闻名的大富翁。

拉奥的父亲不仅拥有自己的公司，还经营着一所私人图书馆。他的好朋友拉玛奴江从小就是一个数学迷，他在13岁之前就自学完了“毕达高拉斯定理”和“龙氏三角学”，14岁的时候还自行得出了正弦和余弦函数的无穷级数展开式，不过到了第二年，他才得知原来这就是著名的“Euler公式”，心中不免失落，就把自己的计算草稿全都塞到了屋梁上。15岁的时候还读完了《纯数的应用数学基本结果大要》一书，自学研究了代数、微积分、三角学和解析几何的六千个定理和公式……

这些书，全是拉奥偷偷从父亲的图书馆里拿出来给他读的。有一次，拉奥的父亲知道了这一切，就狠狠地批评了拉奥，说他不应该和穷人交朋友，拉奥却告诉父亲说：“友谊是友谊，金钱是金钱，友谊不应该拿金钱来衡量。”

父亲无言以对，也就不再管他们的事。后来，拉奥一直读到了大学毕业，还成了一个政府官员。可是拉玛奴江因为家里穷，没有读完高中就退学了，不过他一直都在自学魔方阵、连环分数、超几何级数、椭圆积分及一些数论问题，到了二十多岁时，他不得不开始寻找工作，但是拉奥觉得普通的工作对拉玛奴江的数学研究不仅没什么帮助，而且还会埋没他的才华，所以就主动地把自己的薪水分成了两份，一份留给自己，另一份则给拉玛奴江，够他生活就行了，这样才可以继续一门心思地做研究。

1913 年，拉奥还出钱把拉玛奴江送到英国剑桥大学，让他跟着著名数学家哈代教授学习，拉玛奴江带去了一百二十多个数学定理和公式，这让哈代教授惊喜不已。在剑桥大学，拉玛奴江写了许多重要的数学论文，为数学科学做出了巨大的贡献。

后来，拉玛奴江在英国生了很严重的肺病，拉奥就跑到英国，虽然他散尽千金为拉玛奴江治病，但终究是回天无力，拉玛奴江在当年就悄然逝去。拉玛奴江在临终前曾握住拉奥的手说："我欠了你很多钱，可能这辈子都还不起了。"拉奥却笑笑说："金钱和我们的友谊又有什么关系呢？"

其实，这时候的拉玛奴江已经是个闻名国际的数学家了，在他死后的很多年里，很多计算方式和预测结果都被后来的数学家们验算证实，拉玛奴江也被称为"数学的预言家"。很多人都说，是友谊的能量让拉玛奴江成为一个天才数学家。

有人在街上认错你吗

和朋友聊天，说起他在街上认错人的事情，笑谈之余，我也好奇地问他："有人在街上认错过你吗？你是怎么回应的？"

"当然有。"朋友说，"挺尴尬的，双方都尴尬。"

是的，尴尬。很多时候，你的尴尬其实来自你能感受到对方在那一瞬间的心理反应。生活中，我们都或多或少地遇上过这类事情，认错别人或被别人认错，除了尴尬之外，我们似乎从来没有想过怎么做会更好。

那是五六年前的一天，我骑电瓶车戴着妻子去超市买东西，路上，突然有个年轻人也一边骑电瓶车一边向我打招呼说："嘿，大哥你好呀，这么巧，现在在哪儿发财呀？"我扭头看去，是一个完全不认识的小伙子，在我们四目相对的时候，我立刻就感觉到这不仅仅是我认不认识他的事情，而是他也根本就不认识我——他把我当成了别人。

不过我并没有扭头不理，而是笑着对他说："还是老地方，你呢？现在还好吗？""还好，还好，我也是老样子。"他朝我妻子看了两眼接着问，"这是嫂子吗？嫂子还挺漂亮的……"就这样，我们一路都像是久别遇故知一般地聊天，足足十来分钟后，我们才在一个十字路口分了手，还相互挥手说“再见”。

妻子问我那是谁，我这才告诉她我并不认识那个小伙子，只是那个小伙子认错人了，妻子更纳闷地问我既然明知他认错人了为啥还要和他聊得这么投机，我笑笑说：“如果我不和他聊天，他会很尴尬，但我只要和他稍微聊几句就能帮他免去那种尴尬的感觉，甚至能让他收获一份好心情，我为什么不将错就错和他多聊几句呢？”

重新说起这件事情，并不是我觉得自己很了不起，事实上，我当时之所以愿意陪对方聊天，只是不愿意看到对方在我惊异而陌生的目光中，收起笑脸独自沮丧离去的场景。

有人在街上认错你吗？无论有没有，如果以后有人在街上认错你，不如多陪对方聊几句，正儿八经地告诉别人他认错人了，你除了送走一张尴尬的脸之外就再也没别的什么了，但只需要陪对方聊几句，你往往能收获两张笑脸，收获两颗愉悦的心，收获一份隐隐的感激之情甚至是展开一段新的友谊。

聊QQ的年轻人

我跑了十来年业务，也算是老资历了，不过业绩却一直不温不火，勉强够上养家糊口。

那天，我在外地联系好一个业务准备返回，来到火车站后离开车时间还有三小时，除去必要的准备时间外，至少还有两个多小时的空闲，我就跑到网吧去玩游戏打发时间。

几分钟后，一个身穿职业装提着黑皮包的年轻人来到我旁边，看装束应该和我是同行。不过他一开始上网，我就意识到我估计错了，因为他登上电脑后第一件事就是打开QQ并逐一点开好友，至少点开了几十个，任务栏挤满后还翻了好几页呢。然后他开始忙碌聊天。

就凭这聊天规模，我觉得他应该是个江湖骗子，海量行骗，能捞一个是一个。当然我对此并不是特别在意，第一我不是警察，也没那么正义，第二我正紧张玩游戏，只是有时候会好奇地瞄上两眼罢了。不过就那么偶尔瞄几眼，我发现我的感觉好像又不太对了，因为他并不是群发某些不良广告，发的都是些“晚饭吃了没”或“忙不忙呀”之类生活中常见的问候。

时间一分一秒过去，眼看差不多了，我就关了电脑准备去候车室，没想到那年轻人也关了电脑，并且在走出网吧后也和我一样走往火车站，或许是因为对他那身职业装的亲近感吧，我搭讪着问他说："你是推销员吗？出差？"

"差不多吧。不过我是给自己推销，以前我也是推销员，现在我有自己的公司了，所以我现在是自己的推销员。"他微微笑着说。

"那你可真有闲心，等火车的空闲还要去网吧里聊QQ？话说你这聊QQ的规模可真不小呀。"我打趣着说，"不过聊QQ犯不着去网吧呀，在候车室里用手机聊聊就行了。"

"我不是纯粹地打发时间，我打开的都是客户QQ，反正在候车室也是空坐，时间就这样白白地浪费掉，为什么不利用这时间和我的客户或潜在客户们聊聊天呢？能聊几句就聊几句，哪怕是对方不在线，我也可以留个言问声好，这也算是增进和客户的关系吧，对业务有好处。"年轻人抬手看了看手表接着说，"我在这两个多小时里，一共和七十多个客户聊了天或问了好，所以你看我是聊天，其实我是在充分利用和发挥时间的价值。"

我惊呆了，我真没想到他那么多聊天窗的背后居然藏着这样一份事业心。我突然觉得好羞愧，我的业绩一直上不去，我以为我已经付出了足够的努力，但努力真的永无极限，追求真的永无止境。这一切其实都只有一种方式，那就是——珍惜时间。

年轻人去楼上候车，我在楼下，我们挥手互别，看着他慢慢消失在人群中的身影，那一刻，我隐隐觉得自己心中正慢慢升起一盏人生的灯塔，并且慢慢地越来越亮……

先学会爱自己

和老同学聚餐，席间人人都开始说“爱”，有的人说应该怎么样爱妻子或爱孩子，有的人说应该怎么爱父母，甚至应该怎么样爱同事爱社会爱一切可以去爱的人……

一个姓李的同学却一直愣愣地坐着喝茶，几分钟，他放下茶杯说：“我觉得吧，爱谁都不如爱自己，只有懂得爱自己才能谈得上爱别人。”同学们好一阵安静，好像这话有点不太好听，然后大家又七嘴八舌地讨论起来了。

他们讨论了一些什么，我没有太仔细去听，不过我心里却产生了一些想法：我们都说不遗余力地爱家人是一种责任心的体现，可这真是责任吗？付出所有的能量去爱家人，今天有能量，明天呢？今天用光了自己的能量，可能正意味着家人们明天就会失去依靠。

我想起了我的一个远房姑父，他在镇上经营着一家锯板厂，生意非常不错，他每天都起早贪黑忙里忙外，身体有不舒服也往往是忍着，总觉得忍一忍就过去了，最重要的是干活赚钱，只有多赚钱才能让家人过上好日子，后来的好几年，他的身体都很乏力，家人让他去医院检查，可他就是不愿意去，总是说“这么多活儿谁干？”然后买几瓶补酒在打烊后喝着补身体，最后他晕倒在木材仓库里，叫来了救护车送进县医院后已经无力回天了，没过两个月就撒手人寰了。

我不太清楚那远房姑父具体患的是什么病，但我在参加葬礼的时候听到亲友们说他其实早就有病了，医生也说过如果能早一年去的话都是可以治的。“真是不懂得爱惜自己呀。”有个我并不是太熟的远亲这样叹息说。

那一声叹息，又开始回荡在我的耳边。

是呀，我那个姑父又何尝不是全心全力地爱妻子爱子女？但他唯一没有爱的就是自己，到最后只能在自己的各种不忍与不甘中抛下妻儿离世而去。我承认他真的很爱家人，但这又并不是一种真正正确或值得倡导的爱，因为真正正确的爱并不是只爱家人，而是更要先保证自己有这个能力去爱家人。

用微笑面对一杯咖啡

迈克做了保险推销员以后，才知道这个在别人看来很轻松的行业其实并不轻松。他做推销员已经半个月了，可是却连一张保险单也没做成。尽管他也非常努力。

迈克很沮丧。那天，他又奔波了一整天可仍是一无所获。天已经黑了，刮着冷风，空中还飘着雪星子。他的身上只有5美元了，这是他最后的5美元。“再不卖出保单就要饿肚子了。”迈克摸摸口袋里的钱，产生了放弃的念头，“还是去工厂上班吧。干一天就会有一天的工资。”

迈克决定明天就辞职，他再也不愿意当推销员了，他觉得凭自己的能力是无法成为一名合格的推销员的。在这一刻，迈克突然有些放松了下来，他想要花掉这5美元，然后明天就安安心心地找个工厂去上班。这时，他不经意地看到面前有一家小咖啡馆，这是一家很小的咖啡馆，它坐落在一幢大厦旁，里面只有三张桌子，一位五十多岁的妇人守在店里。

迈克想要来一杯热咖啡暖暖身体。他走进咖啡馆，坐在一个靠墙角的位置里，要了一杯咖啡和一个三明治。几分钟后，那个妇人满脸笑容地把热咖啡和三明治端到了他的面前。她的笑脸让迈克觉得特别温暖，他也微笑着问那妇人说："你的生意一定很好吧。看你这么开心。"

"生意好？天哪。你怎么看出来的？"妇人爽朗地笑着说，"实话说吧，你是我的第一个客人。今天是我第一天营业，直到现在我才等到你这样一个客人，你觉得我的生意好吗？"

"是吗？"迈克有些不以为然。他甚至觉得这个妇人不是一个诚实的人，如果真是她说的那样子，她哪能笑得这么开心？

"很多人都说我在这座大厦下面经营这家小咖啡馆是不会有生意的，但我不相信，你看，我的第一个客户也就是你，现在不是到来了吗？我相信只要我能够乐观地面对每一天、每一刻，像你这样子的客户总会一个个多起来的。"妇人一边擦拭着其实并不脏的桌子一边接着说，"无论多长时间没有客人光顾，我都不会沮丧难过，我只是用我所有的乐观去面对即将来到的客人，哪怕他只要一杯咖啡。"

迈克若有所思。确实，无论有过多少次失败，又有什么关系呢？只要乐观地去面对可能会有客户出现的每一刻，成绩总会到来。迈克原本打算明天就辞职的，但此刻，他决定取消这个念头。

第二天，迈克再次拿着保险材料走上了街头。与往常不同的是，他的脸上不再是失落与沮丧，取而代之的是灿烂的笑脸。结果让他怎么也没有想到，他在那天里居然一共做成了五笔单子：三个曾经拒绝过他的客户再仔细考虑了之后，决定给自己买一份保险，就相约在一起重新找到迈克，而在迈克向他们详细介绍业务的时候，又有两个旁边商店的店主临时决定买一份保险……

迈克感受到了乐观的能量。此后，他开始习惯于用乐观的微笑去面对一切，也就在这种乐观中，他慢慢地进步了。20 年后的今天，迈克成了美国家庭人寿保险公司的北美区业务总监。

如今,身为北美区业务总监的迈克每次在鼓励新人时,都会深有感触地说出这样一番话:“哪怕一天只能卖出一杯咖啡,请记住用乐观的微笑去面对这杯咖啡;哪怕一天连一杯咖啡都卖不出去,也请记住,用乐观地微笑去面对即将会卖出去的第一杯咖啡。”

第七辑

风是很重很重的

他的脸黝黑黝黑的，爬满了皱纹，他那双粗糙而且布满青筋老茧的大手，因为怕扇子掉落而使劲地攥着扇柄。此情此景，我不禁回想起了小男孩的话：“空气很轻，风却很重很重。”

我猛然间意识到，他说得对，风确实很重很重，甚至比50斤稻谷还要重，重得连他的爷爷都不太能拿得动。

你永远不必离开

休赫夫·迈克是美国一个著名的亿万富翁。他在洛杉矶拥有一家老牌家族公司,还在郊外的荷尔贝山拥有一幢占地达5亩之多的豪宅,它拥有29间客房,一个大型游戏厅以及家庭影院、私人酒庄,当然还有健身房、网球场以及一个石窟泳池和4间配套的招待客厅……

在这幢豪宅里,有个名叫约翰的老仆,他在9岁的时候就来到了迈克家族,现在他已经89岁了。他和休赫夫的爷爷老迈克一样大,所以他们从小既是好主仆又是好伙伴,他们一起读书,一起长大,还一起在这幢房子里结了婚。当然,老迈克娶的是门当户对的富贵女子,而和约翰老仆结婚的则是这座豪宅里的一个养马女仆,遗憾的是那个女仆不会生育,而且没几年后就生病离世了,约翰老仆也没有再娶,他只是尽可能地服侍好这个家族里的所有人,从休赫夫的爷爷到休赫夫的父亲,最后到休赫夫,他整整服侍了80年。

老迈克去世的那年是60岁,约翰老仆也是60岁,他悲伤地在床边握着老迈克的手说:“你走了,我是不是也该要离开这里了?你知道,我没地方可去,我永远不想离开这里。”

“你永远也不必离开这里，我的好伙计，你永远不必离开这幢房子。”老迈克对他说，接着他嘱咐家族所有人，“你们一定要记住，无论发生什么，都不准让约翰离开这幢房子，他永远也不必离开这里。”

家族的所有人都点头答应，包括当时只有9岁的休赫夫。转眼，30年过去了，休赫夫已经成了家族公司和这幢豪宅的唯一主人，后来因为竞争以及别的经济因素，他的公司渐渐衰败了，连年亏损，到了2015年初，他的公司已经破产在即，休赫夫唯一能挽救公司的办法就是——变卖这幢豪宅，用变卖房子的钱来救活公司。尽管他很不情愿，但他还是将这套豪宅挂牌销售，不过他有一个要求：买下这套豪宅的人必须要收留约翰老仆，并负责处理他的所有后事。

这套豪宅市值2亿美元，虽然价格昂贵，但因为颇有历史价值，并且规模和设施也非常好，所以依旧有许多巨富从世界各地赶了过来想要买下这幢豪宅，但他们都不愿意答应休赫夫的要求，不愿意收留约翰老仆。“我加500万美元，你把他带走。”一个来自迪拜的巨富提出了这样的要求。

“只要不答应我的要求，哪怕加再多的钱我也不会把房子卖给你。”休赫夫这样说。

结果，就因为他的坚持，这幢豪宅始终没人愿意接手，最后那家已经经营了一百多年的老公司不可避免地破产了。破产后，休赫夫回到这幢老房子里和约翰老仆相依为命，他们一起扫地，一起种花，一起在草坪上吃烧烤，谁也看不出他们到底谁是主人、谁是仆人。约翰老仆有些愧疚地对休赫夫说：“其实，你卖了房子，也可以带着我住进别的房子里去的。”

“不，我不能这样做，因为我们家族在30年前给过你承诺：无论发生什么，你永远也不必离开这里。”休赫夫说。

老根头破产

老根头六十多岁了，他开了一辈子的水产店，人们都叫他老甲鱼，他真名叫什么名字，人们倒是不记得了。

老根头之所以被人叫作老甲鱼，并不只是因为他水产店里有甲鱼卖，而是他总是有副不紧不慢却又讳莫如深的样子，他随便打个喷嚏，人们就会情不自禁地去想背后是不是藏着什么内容。那天，老根头刚打烊回到家，就听老婆子说："我刚才遇见小松崽，他说他的公司破产了，真奇怪，怎么说破产就破产呢，话说这破产到底是个啥意思？"

"破产？你听他胡扯，应该是欠了很多债，一时半会儿又偿还不出来，就暂时先申请破产拖一拖，过不了多久他就会东山再起的。"老根头读的书不多，但经历见多识广，道理还是能说个八九分的，老婆子则似懂非懂地点着头。小松崽是他们的外甥，在县城里经营一家房产中介，这两年楼市有些降温，他的生意也有些难做，他的破产可能就和这有关。

"这小子，我早就说过他做人不实在，鬼头鬼脑地尽想些歪点子，我看不惯他这样的手法。"老根头说着猛抽了一口烟，然后把烟头按进了烟灰缸，而且还比平时多按了好几下，烟头很快就彻底熄灭了。

“老头子,你说他要东山再起,怎么个起法呢?”老婆子不太在意老根头说了些啥,她更关心外甥的事业会怎么样。

“怎么个起法?借钱呗。银行里是难借了,问亲戚朋友们借呗。”说到这里,老根头突然心里一紧,做生意这么些年,除了给儿子买了个房,又给自己买了个运水产的小面包之外,其他还真没怎么花,存在银行里还有八十来万呢,这钱……

老根头被人叫成老甲鱼,不是没有来由的。第二天,老根头给当地电视台打了个电话,电视台的人就扛着摄像机赶来了,于是,当晚的电视新闻里就播出了这样一则新闻:“老店主不信银行信自己,80万积累在店里不翼而飞……”画面上,老根头声泪俱下,满脸悲痛地对镜头展示着自己的抽屉和抽屉上那把生锈的小锁……

老根头一边抽着烟一边看着电视里的自己,脸上露出了得意的微笑,新闻放完了,他的烟也抽完了。他把烟屁股扔进烟灰缸,这次他没按烟屁股,任它在烟灰缸里继续散发出浓呛的烟,满屋缭绕。

·够得着的苹果最甜

微信朋友圈里看到这样一幅图:两辆非常相似的汽车,一辆70万,一辆17万,旁边附着这样几句话:像,但不代表一样,区别大了去了——献给只关心价格不关心品质的朋友。

看起来似乎挺有道理,70万的品质当然比17万的品质要好,但细细一想好像又觉得不是那么一回事。首先什么是品质?这似乎只能算是一种主观感受。30年前,农民普遍觉得城里人的生活有品质,所以有机会进城吃一碗拉面就算是有面子了;而现在,城里人一有时间就往深山老林里钻,拄着单拐探险的朋友则经常在微信里晒各种照片以显得他的生活有品质……

70万的车子就是好品质吗?当你把车子停在一个全是低价车的停车场里时,或许你能感受到好品质,但你停到华尔街去试试?你顿时会自卑得喘不过气来。17万也不见得就是低品质甚至是没品质,只要你这辆70万的汽车一开走,他顿时就牛了,对着一大群好友讲解他的加速效果、挂挡效果以及刹车或者避震效果,优越感爆表。

70万汽车的品质感,一定只属于“口袋里的钱只够买这辆车”的人,

70 万的汽车一定不会让富翁觉得这好有品质，哪怕他们的车只有 15 万，有的富有人，多年来一直用着老式手机，卖给手机贩子怕是卖不了 5 块钱，但这些人一定不会觉得用高端手机就是一种有品质。

对一个超级富豪来说，买个 70 万的车或许只是为了买菜代步或给刚成年的孩子练练手，根本谈不上感受什么生活品质，但如果我只有 8 万积蓄，首付 7 万贷款 10 万买回那辆 17 万的车，那么这辆车就是我最好的品质。踮一踮脚尖就能摘到的苹果，这样的苹果让人感觉最甜，挂在天上你没有能力摘到的，再甜也不是好苹果，勉强爬上去摘甚至可能会让你摔得粉身碎骨。

致命的怒火

已经很长时间没有下雨了，这片原本茂盛的草原变得像是沙漠一般，几乎所有的植物都死了，那些吃草的动物们也不知道迁徙到哪里去了，草原上一片寂静，几只瘦骨嶙峋的狮子无精打采地蹲坐在一棵枯死的大树下，盼望着食物会从天而降，但它们一直都没能如愿。

就这时，其中的一头母狮突然抬高了脑袋看向远方，另几只猴子也抬起头往远处看，一团黑乎乎的东西正一摇一晃地从远处路过。那是一只狒狒，看得出来，它也想要逃离这片火一般的草原去别处生活。狒狒是很有战斗力的动物，而且这只狒狒的个子非常大，一头狮子根本制伏不了它，怎么办？狮子们本能地站了起来，打算去追狒狒，可那头母狮却一晃身子挡住它们，接着它独自跑出了狮群去追赶狒狒，那只大狒狒当然不怕它，自顾自赶着路，狮子不断地冲过去骚扰它，狒狒刚开始并没有搭理，后来它经受不住挑衅，终于发怒了，就扭过头来疯狂地去追母狮，母狮一边还击一边后退，没多久就退回到了那棵大树附近。

这时，母狮突然一声大叫，狒狒一愣，不知道它为什么突然大叫了起来，但它很快搞明白了，五六只狮子不知道从哪个干草丛中跳了出来，将狒狒牢牢地围住了，狒狒见势不妙，掉头就想逃，狮子们很快截住了它的后路，在一番并不特别激烈的搏斗后，狒狒最终沦为了狮子们的美餐。

世界或许本身就不是那么太平，狒狒有狒狒的险境，人类有人类的危机，作为人类，我们不仅要有抵御诱惑的能力，还要有控制情绪的素养，很多时候，名利的另一面往往是陷阱，而怒火的另一端则往往是大祸。

愤怒的代价

这是一起真实的事件，它发生在位于荷兰西部的莱顿小城。故事的主人公名叫扎格里，他是一个脾气暴躁的巡逻警察。

2016年初夏的一天中午，扎格里正在街头值勤，他的香烟没有了，就停车向一家小超市走去，他想进去买一包香烟。小超市的门口坐着一个流浪汉，名叫德巴克，这是一个令人讨厌的家伙，他经常等在商店或餐馆的门口向人讨吃讨喝。很显然，他对扎格里这个巡逻警察并不陌生，就大声喊："嘿，扎格里警官，你能给我一支香烟吗？"

扎格里并不喜欢德巴克这个人，他看了德巴克一眼说："我身上没有香烟，我自己也正要去买呢。"扎格里说着就走进了超市，对他来说，他是在拒绝德巴克，但是德巴克却不这样理解，他认为扎格里警官是打算买来香烟以后再给他一支，所以就等在了门口。没多久，扎格里警官从超市里走出来了，德巴克立刻嬉皮笑脸地迎了上去说："扎格里警官，现在你可以给我一支香烟了吧？"

"我的香烟是我买的，你要抽烟也自己买去。"扎格里警官冷冷地拒绝德巴克说。

“刚才我问你,你说你要去买香烟,意思是买了香烟再给我一支,所以我才站在这里等,你现在买来了香烟怎么又说不给我呢?”德巴克生气地说,结果两人你一言我一语就发生了口角,随着互相谩骂和嘲讽的升级,扎格里警官的情绪越来越激动,最后他掏出警官证和手铐说:“德巴克,我奉劝你老实一点,否则我会给你一些颜色看看。”

“扎格里,你这个浑蛋警察,你能把我怎么样?”德巴克也反唇相讥。扎格里警官觉得一个流浪汉在大庭广众下这样和自己说话,觉得非常丢脸,就和德里克扭打成了一团,旁边的人赶紧跑过去,将两人分开,劝他们不要为这么一件小事而动手打架。德里克虽然听从了别人的劝告,但他在离开这里的时候还一边走一边喊:“扎格里,你这个浑蛋警察,你以为你是谁?你以为你能把我怎么样是吗?你有本事就来抓我呀……”

扎格里警官彻底被这些话激怒了,他几乎完全失去了理智,拔出枪来疯狂地冲了过去,对着德巴克一连开了四枪,德巴克顿时倒在了血泊之中……就这样,德巴克因为没有要到一支香烟而抱怨连连,最终还搭上了一条命;而扎格里身为一名警察,也因为一支香烟而断送了自己的大好前途。2016 年 6 月 18 日,他被当地法院判为终身监禁,这也就意味着从此以后,扎格里一辈子都要在监狱中度过了。

“很多人都说是一支香烟害了他们,事实上真正的罪魁祸首是他们心中愤怒的情绪——这一切都只是愤怒的代价。”当地的新闻媒体这样评论说。

风是很重很重的

夏末初秋是山林探险的好季节,我和几位朋友一起,来到了贵川交界处偏僻深山探险旅游。

走进山林后的第三天,我们无意中发现了一个只有十来间房的小村子。在村外的空地上,几只羊正在吃草,一位七八岁的小男孩坐在一块大石头上,翻看着一本破旧的数学书,小男孩身上的衣服,也和那本书一样破旧,沾满灰尘和草屑,但他长得圆头圆脑,非常可爱机灵。他睁着一双大眼睛,好奇地看着我们。

好不容易遇见一块平坦的空地,我们几位朋友决定在这里休息片刻,顺便和这位小男孩说说话,逗逗乐。见他看书这么认真,我就问他:"小朋友,读书了没有?读几年级了?"

"再开学就是二年级了。"小男孩回答。

"好,那我来考考你。"我接着给他出了几道简单的算术题,还有几个拼音测试和组词造句的语文题,小男孩全都回答上了,看来学习成绩还不错。

见这些都没法难住他,我又给他出了几道问题:"你知道什么东西最大吗？”

“地球。”小男孩回答说。我接着又问：“那你知道什么东西最重吗？”

“嗯……房子？不，大山。”小男孩眼睛一转，又纠正道，“不，应该还是地球。”

这些答案虽不至于无懈可击，但对于这么小的孩子来说，也算是非常不错了。

我接着又问：“那什么东西最轻呢？”

“鸡毛。不，羊毛。”小男孩歪着头说，“还有蒲公英。”

我笑笑，告诉他，这些东西的确很轻，但并不是最轻的。空气、烟雾，还有风，这些东西才是最轻的。

小男孩睁着一双大眼想了想，有些不赞同地说：“空气很轻，但风却很重很重。”

“风只是流动的空气，与空气是一样的。”我正说着这句话，突然有点明白了他想说的意思。对，大台风，它可以刮倒大树甚至是房子。于是我接着告诉他，大台风与空气一样很轻很轻，只是它的力量很大，但那并不是风的重量。

小男孩显然对我的话非常不屑，他用极不信任的目光看了我一眼，然后站起来坐到了另一边的大石头上，不再理睬我，嘴巴里还轻轻地重复了两遍那句话：“风是很重很重的。”

这么固执的小男孩，我不打算再教他一些什么，反正也休息够了，就和朋友们接着赶路。

离开村口三四里路之后，我们突然发现水壶里已经没有水了，最要命的是，我们走进了一片干燥的秃岩山，别说山涧泉眼了，就连一棵小树都看不到。我们决定往回走，到那座小村里去取水。

回到村里的时候已经是中午一点多了，可能是都在午睡的缘故吧，我们走了好几户人家竟然都关着门。翻过一道小坡，终于看见有一座泥房子还开着门，门口有一间矮草棚，关着十来只羊，而在大门里侧的地上，则铺着一张竹席，上面躺着一个六十多岁的老人和一位小男孩，竟然就是我们之前在村口遇见的那位小男孩，他睡得很香甜，老人用一把麦秆扇为他扇着风。

见有陌生人到来，老人连忙站了起来。我们说明来意以后，他非常热心地把我们带到厨房，给我们的水壶灌水，灌到第三个的时候，水壶突然从他的手上滑到了地上，老人连忙弯腰捡起来，面带愧色地接着灌水。我说我们自己来，他却笑着说来的都是客，哪能让客人们自己动手，帮我们把所有的水壶都灌好水之后，老人说现在太阳光太猛烈，不妨先在他家休息一两个小时，等太阳弱一些再上路。我们欣然答应，在门口坐了下来。

老人回到竹席上，一边轻声给我们介绍附近的地形山势，一边继续用麦秆扇给小男孩扇着风。没多久他手中的扇子又突然滑落了下来，掉在小男孩的肚子上。小男孩被惊醒了，他先是惊讶地看了我们一眼，然后心疼地对老人说："爷爷，我说了我不热，你不要为我扇扇子了。"

"好，好，爷爷不扇了，你接着睡吧。"老人慈祥地微笑着说。

小男孩渐渐睡去，虽然他说自己不热，但睡着后，额头就冒出了细微的汗，老人又拿起了麦秆扇，轻轻地给他扇着风。老人边扇边对我说起了他的孙子：孩子命苦，父母亲在他很小的时候就被滚落的山石砸中，双双离开了人世，留下他们祖孙俩相依为命。家里穷，买不起电风扇，所以热天里都要给孩子扇扇子。可从今年开始，老人的双手有些不对劲，经常莫明其妙地抖动，握不牢东西，以前一只手可以拎起50斤的稻谷，现在连给孩子扇点风都觉得特别费力，使不上劲。不过小孙子特别懂事，再热的天也不让爷爷给他扇扇子，怕累着爷爷。

说到这，老人眼眶潮湿了，但脸上却浮现出一种欣慰的微笑。

他的脸黝黑黝黑的，爬满了皱纹，他那双粗糙而且布满青筋老茧的大手，因为怕扇子掉落而使劲地攥着扇柄。此情此景，我不禁回想起了小男孩的话："空气很轻，风却很重很重。"

我猛然间意识到，他说得对，风确实很重很重，甚至比50斤稻谷还要重，重得连他的爷爷都不太能拿得动。

在起身离开的时候，老人走到门口替我们指路，我趁机从口袋里掏出三百元钱，悄悄地塞到了小男孩睡觉的那张竹席下——这足够他们买一台电风扇了。

我不知道这算不算是做慈善，我只是觉得，风不该有那么重，而我所做的，只是力所能及地让风轻一点，再轻一点。

不必有输赢

大学刚毕业那会儿,我在表哥的五金店里帮忙。

有一次,表哥带我去和朋友吃饭,过程中,他们聊起了我们当地一条高速公路的建设问题。表哥有些抱怨这条公路的进度,修了五年了还没有通车,他说早点通车可以为老百姓服务,出行或运货都更方便。但他的朋友却持不同意见,那个朋友甚至认为这条高速公路根本就不应该造。"造了高速公路,很多小公路就会荒废掉,这是浪费国家资源,而且小公路不好了,就要逼着别人上高速,生活成本就会提高,而且也会不断侵占耕地。"他的朋友这样说。

他们两人你一言我一语话越说越多,而且争辩也越来越激烈,他的那个朋友甚至还说:"社会上有很多人都只求自己方便,根本不考虑贫困百姓和国家的土地问题。"很显然,他这个话就是针对表哥的。我正想表哥会怎么应对呢,没想到表哥却笑着一边给对方倒酒一边说:"唉,我自己一个人想想的时候觉得自己挺对,但是你一说出你的想法,我又觉得你的想法挺对,看来或许我们都有一定道理,但或许各自又都有一些忽略掉的东西。"

表哥的话既给了自己台阶，也给了朋友面子，不仅避免了双方争论不休，扩大矛盾影响感情，而且还使对方产生了共鸣，最后两人又相互敬酒一直喝到半夜。

后来，我问表哥说："时代要发展，高速公路当然能为普通老百姓创造更好的生活，虽然他也有一定的道理，但明显太偏激了一点，可你为什么要说你们两个人可能全是对的或者可能全是错的呢？"表哥笑笑说："如果我意气用事和朋友继续争论下去，结果会是如何呢？肯定是无法收场，我可能还会因此而失去一个朋友，所以我完全可以退一步给双方一个台阶下，双方谁都不会觉得丢了面子，朋友反而也会更尊重我。"

确实，生活中的很多时候，朋友之间发生不快，都是因为不恰当的沟通和过于执着于输赢胜负。日常的人际交往中，我们经常会看到那种"你声音响我就比你更响"的交往方式，以怒制怒，结果"友谊的小船"往往说翻就翻。当不同的意见产生时，最好的方式不是提高嗓门或伤害对方，而是主动给自己和对方找共同的台阶下，既不伤害对方也不破坏友情。放弃输赢，有时候反而是最大的共赢。

汤斯的生日派对

2016 年 7 月 11 日中饭后，纽约警察局的警员们像往常一样坐在办公室里，有的看报纸，有的玩手机，打发着饭后的无聊时光。

突然，卡迪尔警长站起来大声说："嗨，伙伴们，我们要去查塔姆小镇办事了。"他小组里的史密斯、约翰逊和威廉姆斯三个警员都精神抖擞地站起身来，跟着卡迪尔警长往外走，他们开着警车直奔查塔姆小镇而去，半路上，卡迪尔警长还从一家礼品店里买了很多小孩子的玩具以及生日蛋糕。半个多小时后，他们来到了查塔姆小镇西部一幢独立的小别墅前，卡迪尔警长下车按响了门铃，一个十来岁的小男孩跑了出来开门，他的身后站着他的母亲。见门外站着四个警察，母子俩都非常惊诧，小男孩看了看他们问："你们找谁？"

"我们找汤斯，你叫汤斯吗？"卡迪尔警长问。"是的，我叫汤斯，你们找我有事吗？"小男孩说。

"我们是来参加你的生日派对的。"卡迪尔警长说着，从车上拿出那些礼物，警员们这才明白原来所谓的"办事"是参加这个小男孩的生日派对。

这天确实是汤斯的10周岁生日，为了自己的10周岁生日派对，他和妈妈一起准备了很久，在好几天前就邀请了全班同学来参加，但恰好在这天，一家著名的流动马戏团来到了查塔姆小镇做暑期义演，同学们都打电话来说他们去看马戏了，不来参加汤斯的生日派对了。汤斯和他的妈妈都非常伤心，他流着泪用妈妈的账号把自己的伤心事发到了当地的社交网站上，结果刚一发出来就被正在网站上浏览的卡迪尔警长看到了。

"做警察无非就是为人们排忧解难，虽然这算不上是一个案子，但这事关一个小男孩的感受，而且自己反正空着，为什么不去帮助他呢？"就因为这个想法，卡迪尔警长带着警员们赶了过来，看着汤斯兴奋的笑容，卡迪尔警长悄悄对警员们说："这对我们来说根本不算事情，但或许却能影响汤斯一辈子，或许他从此以后都不敢再约朋友来参加生日派对，但我们的做法能让他感受到，世界上总有很多人在留意着他，关注着他，也愿意帮助他，他从来就不会有真正孤独的时候。"史密斯、约翰逊和威廉姆斯三个警员也都纷纷点头表示赞同。

在接下来的一个小时里，卡迪尔警长和警员们就和汤斯一起过生日，他们给汤斯拆蛋糕、点蜡烛，又送他生日礼物，有游戏光盘、滑板车、篮球等等，当汤斯知道这些都是送给他的礼物时，他感动得哭了起来，随后他们一起打篮球玩游戏，最酷的是卡迪尔警长还让他坐在警车的副驾座上，带着他兜了十分钟的风，最后他们一起在警车前留下了帅气的合照……

在卡迪尔警长带着警员们离开后，汤斯再次上网，他把自己的生日派对照片发到了网上并一连打下了三个"谢谢"。"这是我度过的最有意思的生日派对，他们很可爱，这让我觉得很温暖。"汤斯在帖子下留言说。

一只从耶鲁大学毕业的猫

在美国耶鲁大学，三年来，有一只猫每天出现在其中的一个教室里。

这只猫名叫布巴，它的家就住在学校的后面，它的主人是一个书店老板。最初，布巴是一只流浪猫，在三年前被书店老板收养，那个书店老板起初只是把它关在家里，但它一直“喵喵”地叫个不停，主人就知道它其实想出门去玩，所以就让它自由活动了，结果它摸索着进入了耶鲁大学，从此发现世界上居然还有上课这么“有意义”的事情，于是就每天过来听课了。它非常地“勤奋好学”，无论是刮风还是下雨，它每天都会准时来到教室里听课。原本教室里并没有它的专用座位，它只是蹲坐在教室的角落里，奇怪的是每次老师讲到精彩处，它都会探头探脑，显得很专注，后来同学们就从学校仓库里为他搬来一张桌子和椅子。

刚开始，布巴并不知道这是给它准备的，所以它依旧喜欢蹲坐在地上，后来同学们把它抱到了椅子上，从此它就知道了这是它的专用桌椅，至少它可以毫无顾忌地坐在这里了。布巴“听课”非常安静，从不乱叫乱跳，它还曾因此而得到过教授的表扬。那次，有几个男同学不认真上课，还调皮捣蛋影响别人，教授发觉以后就说：“你们自己可以不听，但起码不要影响别人，你们看布巴，它虽然经常会打盹，但它从不影响别人。”不过，这种侧面的赞美遭到了同学们的反对，因为他们觉得不能因为布巴闭上了眼睛而断定它不认真上课，就像是人类也会闭上眼睛听收音机一样。在同学们强烈的反对声中，教授只能改变说辞，并在讲台上对布巴道了歉。

每天，布巴都会准时到教室门口安静等待开门上课，比其他学生们都准时，它也有来得太早的时候，于是它就会先在门口眯一会儿，同学们都说它是“为了避免在上课时打瞌睡”。因为布巴上课太勤，同学们就向学校提议给它颁发“学生证”，结果耶鲁大学的高层领导还真的派人连续考察了一周，发现它真的天天来听课，于是就答应了同学们的请求，派人给布巴拍了一张照片，然后煞有介事地给布巴做了一张“学生证”，挂在布巴的脖子上。因为布巴实在太受欢迎，同学们甚至提出了更加非分的请求，他们向学校提议说为布巴竖立一个雕像，不过这个提议最终被学校驳回了，耶鲁大学的现任校长理查德·查尔斯·莱文还因此而抱怨说：“我辛苦为学校耕耘了二十多年，为什么没有学生提出为我竖雕像？”

不过哪怕如此，理查德校长却做出了另一个决定，因为布巴所在的班级眼看要毕业了，那就让布巴和同学们一起拿到一张耶鲁大学的毕业证吧。于是在 2016 年 7 月 18 日，学校让同学们为布巴披上了一件特制的毕业袍，然后让他和同学们一起拍了毕业照。“在耶鲁大学‘读了三年书’，它将会用这些知识做什么并不重要，重要的是它毕竟陪着学生们一起度过了这三年。”理查德校长在毕业典礼上说。

这件事情传开以后，很多地方的人都批评耶鲁大学对毕业证视为儿戏，但是理查德校长并不这样认为，他在耶鲁大学的社交网站上发视频说："第一，我们从它身上学到了这样一个道理，只要坚持不懈，你总有被人认可和取得正果的那一天；第二，这并不是视毕业证为儿戏，而是对任何一个坚持者的尊重与爱，哪怕那只是一只猫，而尊重与爱，本身就是教育的核心。"

我只是想要帮助他

战争已经维持了很久，很多人都在这场战争中失去了家乡和田园，包括迈克这个年轻人，原本他和他的父母幸福地生活在鹿特丹郊外的一座小农场里，但是，战争夺走了他的父母，也夺走了他的家园。

迈克成了一个无家可归的人，他来到鹿特丹，想要找到一份足以糊口的工作，但是在那个战争的岁月里，又有谁会想到招人呢？所以迈克一次又一次地被拒绝了。他已经三天没有吃东西了，饿得难受时，他就去河里喝一点干净的河水，他还曾在河边捉到过一只兔子，他想烤着吃，但他没钱买火柴，只能把兔子放了。

迈克很想做一个勤奋老实的好人，但他觉得自己已经不能继续老实下去了，因为他快要饿死了。他想到了约翰逊先生的面包作坊，他曾去那里问过要不要工人，但约翰逊先生的面包作坊虽然还在经营，可是生意并不好，所以他也拒绝了迈克。幸运的是，在他走出面包作坊的时候，约翰逊的夫人给了他一个面包——那是他来到鹿特丹后吃到的唯一真正的食物。

此刻，迈克又想起了约翰逊先生的面包作坊，但他不是想要谋一份工作，而是想要吃东西。对，就是这样，他只是想要填饱肚子。

迈克想要晚些时候动手。他在河边的石椅上睡了一觉，郊外的炮火和枪声已经停止了，他睡得特别香，他在梦里一连吃了五个面包和一瓶牛奶，等他醒来的时候，远处教堂上的闹钟显示现在已经是凌晨三点钟了。他站起身来走到河边用河水洗了一把脸，醒醒脑子，洗好脸后，他甩了甩手上的水，却把渗进嘴里的几滴河水都咽了下去。他舍不得把嘴里的任何东西吐出来。

迈克在夜色中来到约翰逊先生的面包作坊门口，四周一片安静，作坊的门上锁着一把大大的黑挂锁。一把黑挂锁。迈克笑了。他虽然没有当过小偷，但却撬过锁。父亲农场里的工具房大门用的就是这种大黑锁。有一次他在锁上工具房的门以后才想起来把钥匙忘在里面了，父亲就让他用大石头砸开大挂锁，结果他用大石头真的几下就把锁砸开了。和上次一样，他捡了一块大石头对着大锁“当当”几下，锁果然被打开了。迈克走进作坊，黑灯瞎火地居然也摸到了一大箱面包，他连忙扛起箱子往外走，但就在他走出作坊门口的时候，外面射来了汽车灯光——约翰逊夫妇因为有事情要处理，和他的夫人提早来到了作坊。“谁？站住！”约翰逊从车窗里探出脑袋大喊，同时他也加快了车速。

迈克连忙丢下箱子，跑进了一条黑暗的小弄堂，可就在他将要穿过弄堂的时候，他没有看清弄堂口的台阶，结果一步踏空重重地摔在了大马路上……他感觉额头一阵剧烈地震动，接着他就感觉到血在往外流，更可怕的是在几米之外，正有两个巡逻警察站着抽烟。他们听到了迈克摔跤的声音，狐疑而警惕地走了过来，问迈克发生了什么事。

“我、我……我想去玛丽亚医院，我的……祖母生病了，她就在玛丽亚医院……”迈克假装镇定地撒谎说。然而他的神情又怎能瞒过那两个老练的警察？他们很快押住他的双手，拉他起来准备往警车上送，一边走还一边问："快说，你到底做了什么坏事？"

"我真的只是想去医院。"迈克依旧咬着牙不承认。就这时，约翰逊先生的汽车也绕了一个大圈来到了这里，他们停下车往迈克和警察方向走去。迈克一看见约翰逊夫妇，脸顿时发烫了，他惭愧又恐惧地低下了头。警察停下脚步问他们说："你们是在追他吗？他是不是做了什么坏事？"

约翰逊先生刚想说什么，但他的夫人却扯了扯他的衣袖，然后对警察说："噢，不，上帝，这个可怜的孩子，他的全身都是血，我觉得他此刻最需要做的事情就是止血，所以……抱歉……我可能影响你们工作了……但是……我想说的是……嗯……我的汽车里刚好有药箱，所以我想……我希望我能帮助他……帮助他止血……"

"夫人，你真是一个善良的人，你没有影响我们工作，事实上……我们也不确定他到底做了什么事。"其中一个警察笑着说，"不过看情况，他确实需要止血。"

约翰逊夫人从车子里拿出药箱，他让迈克坐在地上，然后她蹲下来为迈克清理伤口和包扎，就在她做着这一切的时候，迈克仰起了头，不知什么时候已经泪流满面。他的心里既有悔恨更有感恩。包扎很快做好了，警察想接着盘问迈克到底有没有做坏事，但还没等警察开口，迈克却叹了一口气说："对不起，你们不用问了，我全部承认……我刚才……偷窃他们面包作坊里的面包，他们是来追我的……"

"难怪跑得这么快。"另一个警察说着，又转过头来有些敬佩地对约翰逊夫人说，"夫人，你真是一个智慧的人，我们问了好久他都没有说实话，但你给他一包扎就让他说实话了。"

“不，不，我并没有想要让他承认一些什么，只是此刻，我觉得我应该要帮助他，仅此而已。”约翰逊夫人接着又说，“在这个战争的年代，谁都生活得很艰难，反正他没有损坏我什么，我也不打算追究他，所以……如果可以的话，我希望你们能放了他，我想帮助他——让他做面包作坊里的工人。”

“可是，我们的工人已经足够了。”约翰逊先生有些惊诧地看着她说。

“如果你怀着一颗惩罚的心，那么你就会有很多惩罚他的办法，但你如果怀着一颗帮助他的心，那么，难道你不觉得我们正好缺少一个守夜的人吗？”约翰逊夫人说。

约翰逊先生恍然大悟，他同意了妻子的提议，接着他们让迈克上了车驶离了这里。看着他们离开，那两个警察面面相觑，突然间，他们觉得夜色似乎不那么沉重了，约翰逊的汽车灯、街边的路灯，以及零零星星的两边窗户里的灯，都似乎和往常不一样了，变得更加温馨、明亮、清晰……噢。可不，快要天亮了，炮火声已经整整一天没有响起了，应该永远也不会再响起了吧……

·被微风吹倒的塔科马大桥

塔科马海峡大桥位于美国华盛顿州塔科马海峡。从 19 世纪末开始,美国军方就希望能有一座大桥连接塔科马和吉格港。

1935 年,美国政府采纳了这个建议,并邀请了一批著名的桥梁工程师来负责设计。因为有塔科马商业总会和美国军方的支持,美国政府显得很阔气,他们让设计师们"不必考虑钱的问题",设计师们花了一年的时间来设计,最初他们的设计是在桥面下面使用网格状钢质桁架梁,但美国政府看了这个设计后却很不满意,他们认为设计师们低估了美国政府的钱袋子,于是提出了整改方案:"把网格状钢质桁架梁改换成实质钢板。"

设计师们则认为实质钢板的牢固程度未必能超过网状格,甚至根本比不上网格状结构,但美国军方也反驳说:"我们随时会在这座大桥上运输坦克和大炮,难道你们认为我们行驶在一个该死的钢管架子上会更安全?"

就在这种压力下,设计师们只能接受美国政府和军方的意见重新修改设计方案,并于 1937 年 6 月正式开工建设,整整 3 年时间后,塔科马海峡大桥终于建成,并于 1940 年 7 月 1 日正式通车。从承重能力上来说,实质钢板当然比网格状结构略胜一筹,但同时也变得更加"弱不禁风"了,因为按照原先的网格状结构设计,再大的风也只会从网格状桁架梁间穿过，几乎对桥不会构成任何影响，而实心钢板无法使风渗流，而是将风完整得转移到了桥面之下，不断地将桥面往上托，结果整个桥面就像是一块浮在泉眼口的木板，下面的水不断往上涌，这块木板的平衡问题就可想而知了。所以大桥通车后不久，人们就发现大桥经常会出现晃动甚至扭曲变形的情况，司机在桥上驾车时可以见到另一端的汽车随着桥面的扭动而忽隐忽现的情形，塔科马海峡大桥被当地人幽默地称为“舞动的绸带”，但是美国政府不仅没有引起重视，反而认为这是美国的桥梁奇迹。

然而，这个“奇迹”只保持了4个月，1940年11月7日这天，塔科马海峡上空出现了每小时40英里的疾风，结果严实的钢板完整地承受到了所有的风力，再加上这座跨海大桥的长度，导致塔科马海峡大桥不断扭曲和波动，当幅度越来越大之后，桥梁扭曲得像是麻花一样，最终风力战胜了钢板，使钢板发生了断裂，桥面的重心不均又使越来越多的钢缆产生断裂，半个小时后，桥面最终因为无法承受自己的体重而彻底倒塌了。大桥坍塌的画面被当时正在附近拍电影的一个剧组拍了下来，这段珍贵的电影胶片至今依旧保存在美国国家博物馆，而它的复制品则成了建筑学和物理学的经典课程，坍塌后的塔科马海峡大桥也被登记在美国的国家历史地点记录册中，作为一次教训的象征被保护了起来。

“很多人不知道每小时40英里的风到底是什么概念，以风速计算这算是七级疾风，七级疾风只能使人在逆风而行的时候感受到困难罢了，对于桥梁建筑来说，这只是最基本的考虑而已，只能算是微风罢了，可以这么说，塔科马海峡大桥是被微风吹倒的。”因设计西班牙阿拉密洛大桥而闻名世界的西班牙建筑师圣地亚哥·卡拉特拉瓦，曾对塔科马海峡大桥的倒塌做出过这样的评论。

老铸剑师的秘诀

皇帝想要招聘一个优秀的铸剑师为将士们打造武器，他下旨召集了全国几十个优秀的铸剑师来到皇宫，随后皇帝就给他们来一场铸剑比赛，谁铸起来的剑最坚固最锋利就选谁做皇宫的铸剑师。

比赛很快开始了。几十个铸剑师齐聚皇宫大院开始铸剑。三天三夜后，所有的铸剑师都完成了自己的作品，他们在剑上写上自己的名字，然后放在一起等着皇帝来验收。没多久，皇帝带着武士来到了院子里，武士们一边测试一边纷纷摇头：有的剑能砍断树枝，却砍不断树干；有的剑能砍得断树干，却砍不断铁丝；有的剑能砍断铁丝，却削不断头发……

“难道全国没有一个真正优秀的铸剑师？”皇帝沮丧地说。武士们试到了最后一把剑，这把剑的全身都精致无比，剑面也平整光滑，刃口更是在阳光下反射着耀眼的光，一看就特别锋利。武士们一试，居然不费吹灰之力就砍断了一棵碗口粗的大树，拔一根头发放在上面一吹，头发就断成了两截，不仅如此，它甚至能轻易削断士兵们常用的铁戈，而且剑刃不会有丝毫受损。“这是一把真正的宝剑。”武士们告诉皇帝说。

“太好了。”皇帝念了一遍宝剑上的名字后对着铸剑师们问，“这把剑是谁铸的？”

“是我。”一个白发苍苍的老铸剑师走到皇帝面前说。皇帝有些奇怪地问他：“别人都铸不出好剑，你却能铸出这么好的剑，你是不是有什么祖传的秘诀？”

老铸剑师犹豫了一下说：“我很难说我有什么秘诀，不如你让他们先说说他们在铸剑的时候心里都在想些什么吧。”皇帝听后觉得有道理，不问问别的铸剑师们又怎么能知道差异呢？于是他问另外那些铸剑师们说：“你们说说看，你们在铸剑的时候心里都在想着什么？”那些铸剑师们都争先恐后地说：“陛下，我想着要铸一把世界上最锋利的宝剑。”“是的，陛下，我也是这样想的……”

皇帝点点头，他扭头对老铸剑师说：“他们在铸剑的时候都想着要铸一把世界上最锋利的剑，那么你呢？你难道不是这样想的吗？”

老铸剑师微微一笑说：“陛下，我没有这样想，我在铸剑的时候，只是每用锤子打一下，我就在心里告诉自己一次：一定要比刚才稍微好一点。仅此而已。”

皇帝和身边的将士以及铸剑师们这才恍然大悟：要做成功一件事情，不是要把眼睛盯在一个遥远的目标上，而是要把眼睛看在眼前，踏踏实实地走好每一步，打好每一锤，只要每一锤都能做到“比刚才稍微好一点”，无数次锤打之后，就能打造出世界上最坚固最锋利的宝剑。

落败的大厨

约翰先生是纽约的一个知名大厨师，虽然他已经退休多年了，但还是一直深爱着烹饪，经常做一些好吃的菜与家人和朋友们分享。

有一次，纽约市举办业余烹饪大赛，约翰先生虽然是专业厨师出身，但现在他已经退休了，所以也有资格参赛，在几场晋级赛之后，只剩下他和一个名叫琼斯太太的家庭主妇PK争霸。琼斯太太也已经六十多岁了，有着几十年的下厨经验，实力不容小觑。在最后的争霸赛上，组织方只是提供了排骨、土豆、鸡蛋、番茄、生菜和一些常用的调料，让参赛者自由发挥和创作，约翰先生稍一思索就有了方案：他将鸡蛋做成雪白的蛋奶酥，将土豆切成丝炸成一个金黄色的“雀巢”，生菜垫底点缀，番茄雕花装饰，最后将排骨炸成暗红色放在“雀巢”里，一道“雀巢香骨”就完成了。当评委们看到这道组合菜肴时，都被约翰先生的厨艺折服了，不仅色香味俱全，而且创意十足，又美观又上档次。“你为什么会想到这样去完成它？”评委问约翰先生。

“我希望这些最普通的食材能创造最大的价值，如果是普通做法，这些原料顶多能创造一道价值6美元的菜肴，但按照我的做法，这道菜至少可以卖30美元，我让它们的价值至少提升了5倍。”约翰先生信心十足地说。

评委们纷纷点头，他们给出了9.8的高分。约翰先生觉得“纽约业余厨王”的荣誉已经非自己莫属了，琼斯太太毕竟只是个家庭主妇，哪有实力超越自己的作品呢？很快，琼斯太太的作品也出炉了，那是一道非常普通的“土豆烩排骨”，而且她还有好几种食材没用上，最要命的是评委们一尝，不禁纷纷皱起了眉头——这道应该有些甜味的菜里，琼斯太太居然一颗糖都没有放。

“你没有把所有品类的食材都用上，你将面临扣分，同时你的作品过于简单和普通，几乎没有创意在里面，而且你还忘记了放糖，这是一个大失误，我们应该不会给你太高的分，不过按惯例我们还是想知道，你为什么要这样去完成它？”评委问琼斯太太。

“这是我的老伴史密斯最爱吃的菜，我做这道菜至少有30年了，我确实没有用上所有的食材，因为我觉得我的作品里不需要它们，如果非要用上也只能是浪费，我觉得这是对食材的不尊重，不过我承认我确实忘记了放糖，这是有原因的，我的老伴史密斯，他从30年前就得了糖尿病，所以我为他做菜都不放糖，因为平常做习惯了，我此刻甚至忘记了应该要加糖……”琼斯太太说，“我想说，我只是怀着对食材的尊重，用最适合的方法做了一道我所爱的人最喜欢吃的菜，就是这样。”

话音落下，评委们面面相觑。约翰先生的作品确实很精美，但他的创作核心只是金钱上的价值；琼斯太太的作品虽然很普通，甚至还有一点点小错误，可她的创作核心却是尊重与爱。很显然，高下已经区分出来了，就连约翰先生也不禁频频点头，对身边的人轻声叹息说：“无论评委如何给分，我都已经输了。”

最终，评委们为琼斯太太打出了9.85的高分，以0.5分的优势超越了约翰先生，成了“纽约业余厨王”，获得了奖杯和奖金。当评委们作出这一决定后，他们对约翰先生表示了歉意，但约翰先生却笑笑说：“你们做得很对，这是应该的，琼斯太太的作品让我输得心服口服，如果获胜的是我，我反而会认为这是一场不公平的比赛。”

黑色的小花

卡尔是一个没有自我的年轻人，他从来不敢对别人说“不”。卡尔为此而郁郁寡欢。

有一天，他向约翰老牧师倾诉自己的烦恼，约翰老牧师听完后告诉卡尔说这确实是一种病症，城外的陶希尔山里有一种黑色的小花，去把它采摘回来熬成汤水喝就可以治愈这种病了。卡尔连忙去到陶希尔山，可他一连找了三天也没有找到那种黑色的小花，卡尔下山后对约翰老牧师说他没能找到那种黑色的小花，约翰老牧师笑笑说：“你没有找仔细吧，你再去山里找吧。”

卡尔就又去到陶希尔大山，这次他更认真仔细地寻找，但依旧毫无所获。一个礼拜后，卡尔又下山来告诉约翰老牧师说他没能找到那种黑色的小花，约翰老牧师摇摇头问：“你确定你真的找遍了陶希尔大山的每一个角落？”卡尔决定再回山里去寻找。这次他在陶希尔大山住了整整一个月，他翻遍了每一个石头，摸遍了每一个角落，探遍了每一条石缝，但真的没有任何发现，卡尔甚至觉得约翰老牧师是在故意刁难他。“世界上哪有黑色的小花？”卡尔心想。他回到教堂后告诉约翰老牧师说陶希尔大山里真的没有那种黑色的小花，约翰老牧师笑笑说：“一定是你没有找仔细，你应该再去山里更仔细地寻找。”

“不，约翰先生，我不再去找了，因为那里真的没有黑色的小花。”卡尔说。

“你确定不去找了？”约翰老牧师微笑着问。

“是的，我不去找了。”卡尔说。

话音落下，约翰老牧师就哈哈地笑了起来说：“卡尔，恭喜你，你的病症已经好了，你已经能够大胆地说‘不’了，而且还说得如此大胆和大声，说得如此坚定。所以你一定要深刻地理解每一个事物，如果什么事都一知半解，你又有什么自信对别人说‘不’呢？要敢于说‘不’，唯一的途径是让自己成为一个不断去学习和探索的人，就像你不断地去往陶希尔大山里寻找那些并不存在的黑色小花一样，只有这样你才能拥有自我。”

直到这时，卡尔才恍然大悟，原来约翰老牧师并不是在没事找事地刁难自己，而是在帮助自己找寻和拥有自我。“谢谢你，约翰先生。”卡尔不无感恩地对约翰老牧师说。